ヤマケイ文庫

新田次郎 続・山の歳時記

Nitta Jiro 新田次郎

Y L
Yamakei Library

新田次郎　続・山の歳時記　目次

I　故郷信濃

II　富士

Ⅲ　山を思う

Ⅳ　旅と取材

Ⅴ　ヨーロッパ・アルプスを歩く

Ⅵ　創作を巡って

Ⅶ　日々の随想

※所収作品の内容・表記は各文末に記載した初出の文章に従い、明らかな誤植は訂正しました。
執筆時期によって社会状況や環境が現在とは異なる点をご了解ください。

Ⅰ　故郷信濃

渋温泉

一昨年、しばらくぶりで故郷を訪ずれた時、中央線を茅野で降りて八ケ岳へ登ってみた。その途中、かつて少年の頃遊んだことのある渋温泉へ一泊することにした。

茅野駅からバスにゆられて、およそ二時間もかかっただろうか、あたりの風景は幼なかった頃そのままに、林には松が赤い肌をみせてそびえ、草原には昔のままに馬頭観世音の碑が立っていた。このバスの行き着く所が渋温泉なのだが、あの温泉も、昔のままでいてくれるだろうか。いわゆる温泉場の様になってしまっているだろうか。

私はいくらか不安な気持で玄関に立った。出て来た主人の顔を見た時、

「やあ、お元気で、一寸も変わりませんねえ」

と、思わず声をはずませてしまった。年老いてはいるけれども、三十年前の、その人だった。無論、私の顔を覚えている筈もない主人は、袖無し絆天《はんてん》の腕を組んだまま、大きな眼をギョロつかせていたが、

「やあ、年を取りましたよ」

と、商売柄、私をまごつかせない程度の言葉をかえした。温泉宿と云えば、すぐ玄関に女中が並んだり、もみ手の番頭が荷物をひったくったりするものだが、ここでは、

「なにしに来た」

と、云わんばかりの無愛想である。

「一晩泊めて貰いますよ、部屋はありますか」

「ああ、みんなあいている」

私はびっくりして、村の分教場ほどもある木造の二階家を眺めた。

「なに、登山者はまだ少ないし……学校が夏休みになればぢき一杯になる」

私は自分の家へ帰えった様な気持になって、重い靴をぬいだ。

廊下の隅にこわれたオルガンがほこりをかぶっている。きしむ階段を上って、長い廊下を渡って、渓流にのぞむ部屋に通された。

窓を開けると、すぐそこに蓼科山《たてしな》があった。あの山の麓は、かつての私の遊び場で、わらびを取ったり、山ぶどうの蔓を引っぱったりしたなつかしい場所であるが、あまりに麓すぎて、山の全容を眺めたことはめったになかった。今見る、その山の美しいこと、夕陽を受けた稜線は、冷めたいほどさえて、眺める者の胸に切なく迫って来た。

私は、息をつくのも忘れて、それに見とれていた。

「お客さん、お茶ですよ」

そう云って、モンペに白いエプロンをかけた女中が立ったままでフスマを開けて呼んでいる。その丸く赤い頬、はち切れそうな、お盆の上には、ワラビの漬物が一鉢のっている。

「やあ、ありがとう」

私はほんとうにうれしかった。何十年も忘れていた故郷の味を見つけた様な気持だった。

温泉はあふれていた。荒けずりの木を組み合わせた湯舟に、湯の花がこびりついている。効能書に、胃腸病にきくと、筆で大書してあった。私は別に胃弱でもないが、いかにも効きそうなので、そなえつけの茶わんで二三杯のんでみた。誰も入って来ない。窓を開けると、この家の犬だろうか、裏山の岩の上から、私を眺めおろしていた。口笛をふいてみたが、尾を振るでもない。

「いやに尊大ぶっているな」

私はそうつぶやいてみた。その白い犬の背でタケカンバの細い葉がかすかにゆれていた。その白い幹は、たたけば金属音が出そうに固く冷めたくすんでいた。

ここはすでに八ケ岳の中腹だった。七月のはじめと云うのに、湯上りの肌に風が冷めたかった。私はドテラを引っかけて裏山へ廻ってみた。別荘風な離れ家が五、六軒建っていた。

「この離れも、もうすぐ一杯になりますよ」

そこで薪割りをしていた老人がそう云った。さっき岩の上に居た犬がその辺をかけ廻っていた。

「あの犬が、この離れの夜警をしているんです、なにしろ夜はキツネやムジナが来ますからな」

私はその話を聞いて急に、離れの一軒を予約したくなった。まるでおとぎの国の話を聞いている様な気がした。この夏を、ここで過せたらどんなにすばらしいだろうと思った。

「なんとか云う観光会社で、蓼科一体を買いしめましてな……いまにこの辺も、その手が伸びて来るでしょう」

この前に私は、はっと我にかえった。おそらく、老人の云う様に、やがて誰かの手が伸びて、この素朴で清澄な空気も、ひとたまりもなくかき消されてしまうことだろう。そして私の心はますます、故郷から遠のいて行くことだろう。


（「温泉」一九六二年六月）

はじめての山・はじめての遭難

私がはじめて山らしい山に登ったのは十歳の夏である。

その当時、よく私は夏になると祖父と祖母のお供をして、白骨《しらほね》温泉に行ったものである。現在は松本から白骨温泉の旅館の前まで自動車でいけるが、当時は島々まで電車、稲核《いねこき》までタクシーがあったが、それから先きは歩かねばならなかった。

白骨温泉に滞在中、祖父が乗鞍《のりくら》岳に登るといい出した。今では岐阜県側から乗鞍行きのバスがあるけれど、当時は乗鞍登山口としては白骨温泉の方が有名だった。

宿の番頭が、私をつれていくのは無理だろうと、祖父に言ったが、祖父は聞かなかった。祖父は古武士型の頑固もので一度言い出したならば容易なことで前言をひるがえすことはなかった。

宿の番頭と一緒になって、引止めていた祖母も、祖父の意志が意外に固いのを見ると、あきらめて、私のためにいろいろと山登りの準備をしてくれた。当時はまだ洋服はまだ一般にはゆきわたっていなかった。こどもたちは全部つつそでがすりの着物を着ていたものである。

私はかすりの着物を着て、子供用のわらじを履いて、腰に弁当を下げて、祖父のあとについて宿を出た。八月の半ばだった。

白骨温泉から乗鞍岳までの道は、森林地帯を登ったり降りたりする長い道だった。道は細く荒れていて、残雪がところどころに邪魔をしていた。

長い森林の中を通って明るいところへ出てから道は急傾斜になった。這い松地帯になり頂上がはっきり見えて来た。

その辺で、私たちは、兵隊の一部隊に会った。彼等は口々に、偉いぞ、偉いぞと声をかけてくれた。幼いのによくこんな山まで来たなと讃めてくれたのである。讃められたが、別にうれしくもなかった。そこまでの道が私には別につらいとは思わなかったからである。

頂上についたのはお昼頃だった。頂上の小屋に行者のような男がいて、祖父にお札を売りつけたのをよく覚えている。

寒かった。ふるえながらにぎり飯を食べた。朝のうちは天気がよかったが頂上へついたころから天気が悪くなった。つめたい山霧が下から襲しよせて来て、私の頬に触れていった。私はなるべく風の当たらない岩かげに身体をよせていた。

「早く帰らないと雨になる」

祖父は心配そうな顔で空を見ながら言った。それからが私にとって初めての恐ろしい試練だった。

樹林地帯に入ってから雨になった。豪雨だった。祖父は用意してきたゴザをかけてくれたが、風が強くて、ござなど役に立たなかった。つめたい雨が、襟首から流れこみ肌を濡らした。着物という服装もまずかった。着物の下に、シャツと腹巻きとパンツとももひきを穿いていたが、下から吹き上げてくる雨がももひきを濡らして足の方から冷えてくる。寒かったが、寒いとも言えずに、祖父のあとを懸命について行った。幼い私にも、私たちの置かれている状態がどういうものか分かっていた。早いところ白骨温泉まで帰りつく以外に救われる道のないことをよく知っていた。途中に小屋もなく、登山者も見かけなかった。

樹林地帯から、風当りの強いところに出ると、風におされて動けなくなることがあった。顔に吹きつける雨が痛かった。

私は泣きたかった。泣けばどうにかなるという打算があったならばおそらく泣いたかも知れないけれど、こういう場合、泣いたところでどうにもならないことを本能的に嗅ぎ取っていた。

祖父はたえず、怒鳴りつづけていた。もう少しいけば、山のかげに入って風はおさまる。もう少しいけば雨やどりをする洞窟があるから、そこまで頑張れなどといって私をはげました。

なんぼう歩いても、風はおさまらず、風雨をさけるようなところもなかった。

雨はつめたく痛く私を打ちつづけていたが、そのうち風の痛さもつめたさも感じなくなった。つらいということを考えなくなった。頭の中で、白骨温泉で待っていてくれる祖母の顔を見つめながらがくんと前に倒れそうになった。睡魔が私を襲い出したのである。

「眠ったら死ぬぞ、こんな山の中で死んでしまいたいのか」

祖父が耳元で怒鳴った。死にたくはなかった。こんな暗い森の中にひとりぼっちで残されるのはいやだった。死ぬという新しい恐怖が私の気持ちをふるい立たせた。

「歌をうたえ」

と祖父は言った。祖父が、ここはお国の何百里とうたい出した。祖父の調子外れの軍歌に合わせて私も歌ったが、そう長くはつづかなかった。再び睡魔が私を襲い始めた。

祖父が私の尻を叩いたのはそのときだった。こわい眼で、ほんとうに死にたいのかと言われて、尻に加えられた痛さが身にしみた。歩きながら眠り出すと祖父はところかまわず私を打った。打たれても祖父をうらむ気持ちは起こらなかった。こんなに眠いのになぜ祖父は私の頰を打って眠らせないのだろうと思った。叩かれても打たれてもいいから眠りたいと思った。ほんの少しでもいいから眠ればあとは元気になって、祖母の待っている白骨温泉へ走って帰れるのにと考えたりした。

白樺の倒木があった。そこにつまづいて倒れたとき、私はもう起き上がれなかった。私は自分の力の限界に来たのだと思った。私は眼をつぶった。ほんの数秒、私はそのままの姿勢でいた。私のどこかに祖父の援助の手を求めていたのかも知れない。はっと眼を開いて前を見ると、ずっと先きを祖父が歩いていくのである。

そのときの恐怖は私の全身をつらぬいた。私は祖父に捨てられたと思った。

「意気地のない奴は山の中へ捨てていくぞ」

といったとおりに祖父は私を捨てたのだと思った。私は祖父のあとを追った。それから沢を一つ越えたところが白骨温泉だった。

温泉宿の入り口で、祖母が傘をさして待っていた。私は祖母の顔を見てはじめて泣いた。水たまりの中にくずれるように坐ったままほんとうに動けなくなった。

宿の人たちが多ぜい来て、なにやらわあわあ言った。いきなり熱い湯に入れてはいけないというふうなことを言っていた。

裸にさせられて、ぬる湯に入れさせられて、手や足をもんで貰いながら、山の中で死なないでよかったと思った。手足の感覚は徐々によみがえっていった。

「もう眠ってもいいぞ」

部屋へ帰ってふとんの中に寝かされてから祖父が言った。

私は眼をふさいだが、頭の中で、あらしが鳴り、祖父の怒鳴る声が聞こえてしばらくは眠れなかった。

このように、私のはじめての山は、私に無情だったけれど、私の幼ない心を山に向って開かせたのも、このはじめての山行だった。

山ははげしいもの、油断のならないもの、おそろしいものだということを、身をもって体験した私は、その後山へ行くようになっても、けっして山を軽く見るようなことをしなくなった。

祖父が死んで今年で三十五年になるが、このときの祖父の教訓を私は貴重なものとして大事にしている。

（「体育科教育」一九六三年八月）

コブシの花

コブシの花は早春に咲く白い花である。

山国育ちの私はこどもの時からこのコブシの花が好きだった。

山の中に雪かと見まごうばかりに、ひときわ白く咲き出すこの花を見ていると、私はだまっておられなくなって、

「おおい、みんな来い、コブシの花が咲いたぞ、取りに行かずい（行こうよの意）」といって、コブシの花をめがけて、まだ残雪のあるやぶをくぐり、坂をはい登っていって、先着順にコブシの木によじ登った。

コブシの花は芳香を放っていて、木の枝にまたがっていると、なんともいえないにおいにうたれて、つい眠りこんでしまいそうになる。コブシの花のついた枝を手折って木からおり、下で待っている女の子たちに、

「ひと枝ずつしかやらねえぞ」

などと、得意顔して、分けてやったものである。コブシの花は花弁の長さが、五センチほどもあって、咲きはじめのころは杓子《しゃくし》型になっている。女の子たちは、その花弁をもぎ取り、二つを向かい合わせにして軽くおさえつけて、小さな花の袋をつくる。

それを口に当てて吹くと、花の袋はふくらんでいってぽんと割れる。春が来たなとほんとうに感ずるのはこんなときであった。

（「ジュニア文芸」一九六七年五月）

みすずかる信濃

私は信州という言葉が嫌いだ。信濃という奥ゆかしいことばがあるのになぜ信州などという俗っぽいことばを使うのだろう。

信濃の枕ことばは、みすずかるという。みすずかる信濃、なんという蘊蓄《うんちく》のある言葉だろう。みすずとは水篶《みすず》、みは接頭語であり、篶《すず》は、竹の一種で、山竹、すずだけの異称だと辞典には記されている。みすずかる信濃は、水篶《みすず》刈る信濃ということになる。すずは、篠とも書き、竹の小さく細いもので、しの、ささのことを云う場合が多い。ここでささがクローズアップされて来る。信濃におけるささはくまざさのことと解すべきであろう。みすずかる信濃はくまざさを刈る信濃ということになる。

さて、信濃にはいったいどんな意味があるのだろうか。信濃のことを古くは科野、信乃とも書いた。古来からあったしなのという音に当て字じたものだと云われている。しなとは、階、段の意があり、のは広いところという意味である。つまりしなのは地勢の起伏が多い広いところ、山が多い国ということになる。

みすずかる信濃を要約すると、くまざさが生い茂っている山国ということになる。信濃はどこに行っても山ばっかりである。そしてその山には、必ずエメラルド色に輝くくまざさが生い茂っている。くまざさなくして信濃を考えることはできないし、くまざさの生えていない山など、また山としての価値がないようにさえ思われる。

私はみすずかる信濃の生れである。これだけが私の自慢できるもので、それだけみすずかる信濃を熱愛する一人である。


（「旅」一九七二年九月）

ミツバチとクマンバチ

私は長野県上諏訪町角間新田の生れである。新田の次男坊だからペンネームを新田次郎とつけた。角間新田は霧ヶ峰へ行く途中の村で、村の歴史は約五百年以前から始っている。私が少年のころ、祖父がミツバチを飼っていた。多い時は二十箱から三十箱もあった。中学生（旧制中学）になってから、私は祖父の手伝いかたがたミツバチの世話をさせられた。世話と云っても、別にたいしたことではなく、春から夏にかけての分封期のころ、分封した一団を新しい箱に移す仕事や、秋の初めのころ行われるミツをしぼる作業の手伝いである。

ミツバチの分封する日は、朝のうちからなんとなくミツバチの様子がへんで、十時か十一時ごろになって、突然ハチが巣の外へ出て、舞い始めると障子が鳴るほどの騒がしさになった。当時は飛行機の音を聞くことはなかったが、今で云えば、遠くの飛行機の音を聞くような感じだった。

ミツバチの大敵はクマンバチであった。日本古来からいるミツバチはクマンバチには絶対に負けないが、私の家のミツバチはゴールデンイタリア号という種類で、これがクマンバチに弱く、二十匹ほどのクマンバチに殴り込みをかけられて、たった半日の間に全滅してしまったことがあった。

クマンバチを撃退するには、クサホウキが最適だった。クマンバチがミツバチの巣の入口に近づくところを見計ってクサホウキで叩くと、クマンバチはクサホウキの中に取りこめられてしまう。そこを踏みつぶすのである。クマンバチに刺されるとたいへんなことになるが、この場合、クマンバチの目的はミツバチにあるから人間には向って来ない。ミツバチの巣に手入れをしていると刺されることがあるので、家にはアンモニア液が常に用意されていた。刺されても直ぐそれを塗ればはれ上ることはなかった。今は遠い、なつかしい思出のひとこまである。

(「インセクタリゥム」東京動物園協会・一九七四年八月)

わが心の信州高原

山に抱かれたころ

私は明治四十五年長野県の諏訪に生まれた。諏訪を離れて、伊那とか長野とか佐久、木曾などを歩き回ったのが中学時代で、信濃を出て東京を見たのが昭和五年、それまで十八年間、一度も県外へでたことはなかった。だから中央線の汽車に乗って、小仏トンネルを通って、関東平野へ入ったときの驚きはたいへんなものであった。十八年間見つづけた山が視界から消えたことは、どう考えても嘘のように思われてならなかった。このときの、なにか大きな庇護から解き放たれたような一種の絶望感はいまだに私の心の中に残っている。このように少年時代を山の中で過した私は東京に住むようになっても、山の見えるところや、山へ旅行することになると胸がわくわくして来て、急に世の中が明るくなったように感じて来るのである。

生まれたときから山の中に育った私は、故郷にいる間は山の存在価値はわからないで、ただばくぜんと、山は四季につれて美しく姿を変えてくれるし、山にいけばなにか私たちの心やふところを豊かにしてくれるものであるということしか感じていなかった。

春を掘り出す

三月三日の桃の節句になっても、まだまだ山々には雪が深く、家の裏庭にも腰丈けぐらいの雪がつもっていて、春が来たとはすぐ納得はできないけれど、日中暖いので、凍った道がとけて、どろんこ道になり、その道を苦労して歩きながら、家々のおひな様を、男の子まで一緒になって見せてもらって歩きながら、おひな様のひなだんに飾ってある、白くぷくっとふくらんだネコヤナギの花を見るとやっと春が来たなと感ずるのである。とてもそれがうれしくて、自分でもなんとかして春の証拠を探そうとして、日当りのいいところをあちこち探し歩いて、南に面した岩と岩の間に、なよなよと延びだした一すじの草など発見すると、おれこそ春の発見者だぞと友だちにいいふらしたものである。

このころになっても、まだ時には雪が降るけれど、三月半ばを過ぎて、雨でも降れば雪は急にとけて来て、庭の福寿草が雪の下から顔を出したと思うとすぐ花をひらく。福寿草には一重と八重とがあって、野生の福寿草は一重のものが多く、生えているところも決まっていた。山の雪がとけだすと、じっとしてはおられなくなり、まずこどもたちが、ゴム靴やワラ靴をはいて山へでかけるのは、この福寿草取りであった。せっかく雪を割って花を咲かせたのに、取って来るのはいかにもかわいそうだけれど、それを取って来て自分の家の庭へ移し植えないと、春が来たことにならないような気がして山の中へ入っていったものだ。ひとりで行くのは危険だから大きな子が先達になって、腰びくをつけて、鎌を持っていった。福寿草は南向きの山の斜面にできていて、鎌で根を掘ると、ごそごそと氷の音がした。なんだか取ってしまうのがいたいたしくて、しばらくぼんやり見ていたこともあった。

このころは清水の湧くところに生えているセリが急に新芽を吹き出して来るから、子供たちがあっちこっちと谷合の清水場を走り歩いているのを見掛けるが、なぜか男の子たちはセリツミには加わらず、清水場でセリツミに興じている女の子のそばにそっと近づいていって、石を投げこんで驚かしたりなぞした。このいたずらが姉の口から母に告げられたためにひどく叱られたことがあった。

萌黄色のどよめき

山の雪は或る夜、はげしい南風の嵐とともに突然のように消えてなくなる。この南からの暖気団がもたらした雨があがると、山は一晩のうちに衣がえをしたように春らしくなり、いままでは気がつかないでいたが、実は雪のあるうちでも、木々の葉芽は春を待ち切れずにふくらみかけていたことがわかる。

雪のとけたあとの山を見ると、なんとなくやわらかい、あるかなしかのうすみどりを感じさせ、それらの木々の間に、白い花の聚落が、残雪でも見るように望見される。コブシの花である。この香り高い春告げ花の開花をきっかけに、黄色いマンサクの花が咲き、山々は急に春のどよめきを感ずるようになるのである。

それまで通れなかった隣村へ通ずる山の中の間道がまずふみ開かれ、その次には、冬の間中、猟師以外は通らなかった高い山への道々につぎつぎと足跡がきざまれ、そこから春が始まっていくのである。このころ私は諏訪から佐久へ通ずる大門峠や、そのそばを通るいくつかの近道や間道を歩き回って、時には雪解け直後のケモノ道に迷いこんだりした。

私の家から霧ガ峰を越え和田峠へ出る道があった。朝早く起きれば中山道へ出て更に美ガ原まで歩いてもいけるほど日が長くなっていた。晴れた日には霧ガ峰の車山の頂上に立つと、信濃の山々が一望のうちに眺められた。どうしてこんなに美しい山々があるのだろうと、神々の創造を心から感謝したこともあった。

山の雪が消えて山々の木が芽吹き出すと、その変わり方はものすごく早い。朝起きて見ると、きのうとは場所が変わったようにみどりが濃くなっている。

私はそのころの山の色が好きだった。萌黄色という言葉だけではいい表わせない、どちらかといえば、うすい黄色がかったみどり色が支配的に見えるけれど、その色のひとつひとつはみな違っている。そろって美しいのは落葉樹の眠くなるような萌黄色、雑木林になると、その色は種々様々で、特に春先の色彩の中には意外なほど赤い色が多いのに気がついて、秋を思い出させることがある。

カエデの一種に、赤いちっちゃな葉を出す木があった。紅葉のように絵の具をぬったような赤ではなく、赤みを深いところにかくしているような、やわらかい色は、その葉のやわらかい感覚と対比されてほんとうに美しい。

ワラビやゼンマイが芽を出して来ると、こどもたちは、あそびの対象を山へ向ける。私の村では、たいていの家で、馬を飼っていたので、年長の少年が一頭馬を引き、そのあとを数人のこどもたちがついて、霧ガ峰から和田峠へ行く途中の男女倉《おめくら》あたりまで、ワラビ取りに行った。ちょっと手をふれればポキンと音を立てて折れるようなやわらかいワラビが敷きつめるほどできていて、一時間か二時間も取ればカマスにいっぱいになった。

むしばまれる自然

ワラビ取りが終るころになると、急に暑くなって一足飛びに夏の様相を示して来る。信濃は、安曇平、善光寺平、佐久平、諏訪平、伊那谷など、いわゆる米どころの「たいら」があるけれど、これは平野ではなく、盆地であって、夏になると、内陸気候（盆地気候）特有の猛暑がおしよせて来る。日中は異常に高温となり、夜になると急に涼しくなる。日中外に帽子なしで立っていると、頭に穴のあくほど暑いけれど、木陰に入るとそよそよと風が吹いて、汗は一度に引こんでしまう。

こういう気候だから信濃は日本のスイスなどといって、都会人があっちこっち別荘を建て、それが近年になって、一種のブーム化して、八ガ岳の山麓などには、大資本が投入されて、別荘地帯が現出し、道路が作られ、都会の延長が持ちこまれ、二十年ほど前には訪れる人もなかったような湖畔に夜の女が出没するという噂が立ったり、ケンカがあったり、おどしがあったりするようになると、もうそこには信濃の美しさは失われていって、私のように故郷を遠くはなれた者が時たま帰郷して嘆いても、どうにもならず、やむを得ず、もっと山の奥を探していくのである。

同じ夏の信濃でも、仁科三湖のあたりは、地元の青年団などが俗化防止に真剣に取りくんでいるので夏季大学、夏季講習会のような文化施設ができていき、蓼科高原のような急速な俗化は見られないけれど、やはり、半裸に近い服装で歩き回るグレン隊ふうな男や女がぜんぜん居ないわけではない。

こういった信濃の山が俗化される、ひとつの大きな因子は道路にある。自動車道路ができることは結構なことだけれど、自動車が入るようになると、急速に自然が破壊されていくのも事実である。だいたい植物は排気ガスを好まないし、土ほこりをかぶることも好まない。スカイラインだとか、なになにウェイだとかいう道作りは金さえあればできるけれど自然は一度破壊したら二度ともとどおりにならないことを考えねばならない。スカイラインが出来たということは、その部分の自然が殺されたことに等しいのだと考えねばならない。

私はヨーロッパアルプスを歩き回って、スイスがこの問題に非常に神経を配っているのに驚いた。自動車は、谷合の一番奥の部落以上にはあげないという原則が守られているから、どこの谷へ入っても、人間の住んでいる一番高度の高い部落までは立派な車道があるが、それから上は歩かねばならないことになっている。これは日本でもまねなければならないことだと思っている。

信濃で山の最も美しく見えるところは、やはり上高地付近だろう。ここまで自動車が入っているのは結構であるが、これ以上は、いかなることがあっても自動車を入れてはならないと思う。自動車を入れれば、自然は亡びる。そのことはもう分り切ったことであり、他府県において痛い目にあっていることでもある。上高地へ行って途中から木曾へ抜ける街道がある。バスが通らない以前は、ひなびた、ほんとうに楽しい道だったが、バスが通るようになると旧街道を歩く人はなくなり、旧道はほとんど廃道化している。

朝焼けの山、夕暮れの山

夏の信濃の山は人でいっぱいである。そのいっぱいさがいかにすさまじいかは、山へ行かない人には分らない。小屋の名前を書くと当りさわりがあるから書かないけれど、だいたい畳一畳の面積に三人ないし四人は泊める。小屋の方では、山だから、泊めることをことわるわけにはいかないとおっしゃるけれど、泊る方はたまったものではない。

夏山の登山者はランプをつけて歩くから、夜の九時、十時ごろまでは小屋へ泊る客がやって来て、それ食事だ、なんだとうるさい。やっと十一時過ぎになって静かになったと思うと、朝の三時頃には早だちの人が起き出す。だから夏の山小屋では一晩中眠れない。女性と男性の数はほぼ半数近くになって来ているので、女性客にとっては、このざこねは迷惑千万である。それに便所の設備も不足だし、小屋側だって、客が多いからいちいちていねいな言葉づかいなどしてはおられない。

こういった混雑がなぜ山に起きるかは、登山者側にも、山小屋にも責任がある。だいたい日本人は予約制を実施しないからこういうことになるのである。予約を徹底して、すいた日を選んで山へ行けばいいのだが、天気がいつもいいとは決まっていないし、夏は短いし、結局は、ある期間、山小屋は戦場化してしまうのはやむを得ないということになる。

こんなにしても、なぜ山へ行くだろうかと山へ行った人自身が思うことがあるが、これらの不愉快さをおぎなって余りがあるほど、山にはいい面がある。四時頃から起き出るとモルゲンロート（バラ色の朝）が見られる。その日の太陽の第一矢が、山々の肌をバラ色に輝かせる、あの美しさは、文字や言葉では表わせない。美しさを通りこして神秘的でさえあるのである。日中、尾根づたいに歩くのは暑くてかなり苦しいが、夕暮れ時の山の景色はたとえようもなく見事である。この朝の一瞬や夕暮れのたたずまいの中に立てば、山小屋でのいやな思いなどふっとんでしまう。

古い山小屋の気品

信濃はまたいたるところに高原がある。八ガ岳高原、霧ガ峰高原、志賀高原等、高原と名のつくところはいたるところにある。高原ならば遭難するような危険なこともないし、夏を楽しむにはもってこいである。だいたい高原と名のつくところへ行くと貸しテントがあり、バンガローがありといったふうにたいへん便利になっているが、この便利さが、また俗化の原因になって、一日中がんがんトランジスタラジオが鳴り響き、夜ともなれば、レコードをかけて、屋外ダンスに興ずる風景などいたるところに見られる。しかし、たちのいい方では、前から小屋にたのんで薪を買っておいてもらって、キャンプファイヤーをかこんで、山の歌を歌って楽しくすごすといったような光景も見られないことはない。

高原での生活がうまくいくか、いかないかは地元の受入れ体制と、利用者側の態度によってきまるものであって、受入れ側が儲け主義に徹しようとすれば、山はたちまち荒らされる。八ガ岳は俗称小屋岳というほど小屋が多い。大部分が戦後できた小屋であって、その客の扱い方についてかねてから問題になっている。小屋の過当競争から来る客の奪い合いや、ふんだくれるだけふんだくれの商魂が、一時は八ガ岳の評判をがた落ちにさせた。私自身も、耐えがたいほど不愉快な目にあったことがある。近ごろは山小屋の方も自省して一時よりはよくなったそうだ。

そこへ行くと北アルプスの山小屋は、やはり伝統がものをいって、なんとかして俗化を防ごうとする努力は見えているし、ふんだくり主義といわれるほどの悪辣のことはやっていない。特に、古い山小屋は、いくら泊り客が多くなっても、どこかに気品があり、客の方でも、そうわがままはいわないようである。

しかしなんといっても登山客の増加はものすごい。槍ガ岳山荘は最盛期には一夜に一〇〇〇人近く泊るそうである。電話もあるし、電報も打てるし、電灯はこうこうと照っているし施設においては下界とそう違っていない。

私はこうした登山人口の増加をかかげながら喜んでいる。都会生活者にはなるべく、自然の気に触れることをおすすめするし、いまのように、なにもかも騒々しい世の中では、時には山登りをして精神を安らかにする必要があると思っている。

秋を告げるナナカマド

信濃の山の夏の期間は短い。七月の山開きがあって、中旬には最盛期がおとずれ、八月の十五日の旧盆を境として登山人口はがた落ちになる。八月末ともなれば年によっては早朝、薄氷が張ることもある。九月に入ると、山の朝夕はぐんと寒くなり、眼に入るものすべてが秋のかまえになっていく。

九月半ばになると、初雪がおとずれることもある。ミゾレやアラレなどはそうめずらしいことではない。信濃の山々に春を告げるのは、白いコブシの花であり、秋を告げるのは、ナナカマド、ウルシ、ヌルデの三種類の喬木である。

九月の声を聞くと、もう信濃の山々には秋のおとずれを見ることができる。セミが鳴き、みどりがまだ濃く、日中などは帽子なしでは歩けないほど暑いのに、ふと山へ眼を投げたとき、一点の赤い班点を発見することができる。全山みどりの中に一点の赤インクをこぼしたようにあざやかな色であり、そこを中心として秋が全山にひろがるのだということは、信濃に生れた者ならば誰でも知っている。

場所は決っているし、時期も決っている。私はこどものころ生家の縁側から見えるこの赤のおとずれがなんの木であるかを確めようとして、山の中へ入りこんでいったことがあった。それはナナカマドだった。ウルシやヌルデの紅葉もモミジに先んじて見られる。草では野ブドウの紅葉が意外と早い。そして紅葉している期間も長い。モミジやカエデのように花のように美しく紅葉するものはその期間もごく短い。

紅葉の色も千差万別だ。紅葉は黄色と赤色に大別されるけれども、同じ黄色の中でも、カツラの葉の黄色とカラマツ林の黄色とは全然違う。私はどちらかというと、赤い色より黄色が勝った紅葉の方が好きだ。私の生家に四かかえもある大カツラがあった。この木が紅葉すると三里先から見えるといわれるほど見事なものだったが、戦争中、木造船の材料にするとかいわれて強制供出されていまはない。戦後大陸から引きあげて来て、この木が切られたのを見て、私は故郷を失ったように悲しんだ。

梓川の紅葉

信濃の秋の山の美しさを満喫するには、梓川流域を遡行するにかぎる。現在はダム作りで、少々途中がうるさいけれど、梓川に沿って走っていくバスの窓から見る紅葉はすばらしい。梓川渓谷に入って、沢渡《さわんど》あたりまでは赤が勝っている。沢渡から白骨温泉への道を取ると、この途中に滝と紅葉がからみあっている絶景がある。坂を登りつめて白骨温泉の平担地に立って眺めると、松と紅葉とのコントラストがまことにいい。このへんのモミジの美しさを見て、感激のあまり泣いた女性があったという話を聞いた。今の話ではない。戦前の女性のことである。

梓川の渓谷を登っていって上高地につくと紅葉は赤よりも黄色が勝って来る。上高地付近にカラマツの林があるからでもあるが、全体として黄色がやや勝った感じの静かな秋がある。底まですいて見える梓川の清流を流れていく紅葉の美しさは、たとえようもなく美しい。

梓川に沿って、ケショウヤナギという ヤナギが生えている。その名のとおり、春の芽ぶきどき非常に美しい色を見せる。このヤナギの凋落の美しさは春のときほどではないが、やはりケショウヤナギの名にそむかず美しい。風が吹いてこのヤナギの葉を散らすと、梓川が黄色に染められたように見える。

紅葉は徳沢園をへて横尾までつづくけれど、横尾で梓川の本流を渡ると、そこからはまたがった秋の景色が見える。屛風岩の岩壁にからまりついている紅葉を左手に見ながら、横尾本谷の一本橋を渡り、坂を登り切って、涸沢の盆地に出ると様相は一変する。ナナカマドの赤さが山をおおっているのである。ここまで来ないと見ることのできない、三〇〇〇メートル級の山々を色どるナナカマドの赤色は朝日が穂高に輝くころが一番美しい。このころになると、北穂高岳、前穂高岳等のいただきには雪が見えている。

非情な冬山の魅力

山小屋は、この季節の山が一番美しいことを知っている人たちによってかなりのにぎわいを示すけれど、夏のようなことはない。この紅葉の期間は短い。十月を迎えて、ひと雪降ればもう冬の世界になる。

北アルプスの冬の景色は遠眼には美しいけれど、いざその冬山の中に立てば、美しいなどというものはなく、きびしい非情な世界に変わっている。

なだれはいつだって起こり得る可能性を持っているし、山は吹雪と飛雪の連続である。冬山の天気は変わりやすいのではなく、悪い天気が連続しているのであり、時折、青空を見せたと思っても、すぐまた暴風雪になる。だが、冬になっても、ほんとうに山を愛する若人たちは、いよいよおれたちの出番がやって来たとばかりに、大きなルックザックを背負って、山へ入って行く。

遭難が起る。親を泣かせ、友人知人に迷惑をかけ、社会問題となる。けれど若者たちは山へあこがれて登っていく。都会に住む大人たちには理解できないほど、すばらしいものが山に存在するからである。

冬ともなれば信濃のスキー場はいっせいに開場され、都会の客を吸収する。大資本と手を組んで、ロープウェイをつくり、ホテルを作り、一村、スキー場化して冬のかせぎに夢中になる村があるかと思うと、誰も訪れる者のない山奥で、ひっそりと春までの長い冬を木の伐採などをして暮すところもある。

信濃の冬の山は全般的にはひっそりとして春への蓄積に念を入れているように見える。そしてその静寂さは、春が来るまでつづくのである。

（「太陽」一九六五年五月）

水の冷たさ　人の冷たさ

台風シーズンは終わった

地震、かみなり……に台風ははいっていない。まるで秋の年中行事――のようになっているからであろうか。

ことしは、台風の当たり年といわれている。二十四・二十五号は、たて続けに日本を襲い、特に二十四号の被害は大きかった。

立春から数えての二百十日、二百二十日ごろは、昔から台風の多い日とされてきたが、この二百十日、二百二十日ということばができたのはずいぶん古いことで、渋川春海が作ったといわれる「貞享の暦」が最初とされている（貞享＝江戸中期。十七世紀末ごろ）。

が、田口氏の調査によれば、室町時代から「暦」の中にとり入れられているようである。暦は、中国からの文化の伝来とともに、日本にはいったものであるが、このころに大きな嵐が来ることが多いという長い経験が、暦の中にもとり入れられたものであろう。

事実、台風シーズンは七月ごろから始まり九月いっぱい、せいぜい十月の初旬までで、それ以後はごく稀なようである。

このころになると学校では運動会の歓声があがる。山は美しく紅葉し、そろそろ霜がおりはじめるころになると、高い山は平地にさきがけて雪が降る。

九月、十月のこのころは、気象的な季節の入れ変わりの時期である。

天長節は日本晴れ

時には西風も吹くが、夏のなごりの南風も吹く日もあるといったような中間期で、南の気象の勢力と北のそれのバランスした状態が十月である。

日本列島にそって、その二つの勢力の境のところに。雨が降る。これを霖雨《りんう》という。シトシトと梅雨のような雨であるが、梅雨のように長期にわたることは、まずない。

大陸に張り出した高気圧が強くなるにつれて、日本海を渡ってくる風がだんだん強くなり、いよいよ冬型の気圧配置となる。西風が強くなり、十一月にはいると、カラリと晴れた日が続いて、やがて冬にはいる。一年中で、いちばんいい気候は、四季のうち、いつであるかということは、実は答えがむずかしい。

南北に長い日本では、南と北では相当に違うし、日本海側と太平洋側とでは様相が異なってくる。

それにしても、明治生まれの人が「天長節（現在の文化の日・十一月三日）は、秋晴れ」といってるように統計的にみても、十一月の初めは天候が一年中で、いちばん安定しているといってよいと思う。

私の六年生のつづりかた

私の小学校六年生の話をしよう。私は、長野県の諏訪で生まれた。あれは、六年生になりたての早春のことではなかったかと思う。受持の先生が黒板に「春・夏・秋・冬」の四字を書かれて、この中から、ひとつ季節を選んで作文に書け、といわれる。

北国で育った人ならば、何か月ぶりに雪の下からのぞいた黒い土の暖かさを知っていると思う。凍った土がゆるみ、いつもの場所にツクシが出、土手にはタンポポ、やがてはキンポウゲ、そしてコブシが匂う。

今の子どもに、同じ質問をしたら、四季のうちのいつを選ぶであろうか。都会の子と、地方の六年生ではどんな結果になるであろうか。

私の同級生のほとんどが選んだのは「春」。サクラの散る下で、運動をするのが楽しいというようなことであった。

「冬」を選んだ生徒は、諏訪湖のスケート、わかさぎつりなどを書いた。「秋」を選んだのは私ひとり。

書いたことといえば、山ブドウ、あまい山の果物のアケビ取りのこと。猫にマタタビのマタタビ。それから栗ひろいのこと。私は、山の楽しさに酔ったように、山をかけまわる楽しさそのもののようなエネルギーで、書きまくったのではないかと思う。

先生が私の作文を読みあげて、笑われた。

「おまえ、くいしんぼうだなあ」同級生も笑った。私の書きたかったことは、そんなことではない。もちろん、山ブドウの甘ずっぱさが、六年坊主の私をひきつけなかったといったら、嘘になるであろう。だが、私の言いたかったのは、食べ物のことではない。

落ち葉の中を、音をたてながらキノコをみつけて歩いた情景、ブドウのつるをひっぱっていると、クマの足あとを見つけ、あわてて帰ったその思い出などは、今でも残っているのである。

みのりの秋の美しさ、冬を迎えるさびしい美しさは十一歳の少年でもわかるのである。少年だからわかるといったほうがよいかもしれない。私は先生や同級生に笑われたが、説明することばを持たなかった。

秋の小川の水の冷たさ

楽しい秋の子どもの行事のしめくくりが、秋の村祭である。私の村では、昔から十一月二十五日にきまっていた。当番にあたった家に、子どもが集まって神社へうち揃ってでかけるのである。刈り入れのすんだあぜ道を棒きれをふりまわしながら。

子どもひとりの腕ではまわし切れないほど大きな鍋に、いっぱいの甘酒を神社の広場であためているのである。村中の老若男女が、参拝にでかける。神さまをおがんで、大どんぶり一ぱいの甘酒のふるまいにあずかるのである。

よほど物ずきの人でないかぎり、それでおとなは一杯で帰るのであるが、子どもたちは、遊んでは飲み、飲んではまた遊ぶというわけで、とっぷり日が暮れるまで、お宮の廻りをかけまわっていたものであった。

神社のうしろは森である。子どもたちは、二組にわかれて陣とり競争をした。私は相手と組打ちをして、川に落ちた。十一月も二十日をすぎると、水は氷のように冷い。落ちた時に、今ごろになると川の水もこんなに冷くなるのだなあと、始めて知ったのである。今になって私は、そのころ組打ちをして川に落ちたり、やぶの中を駈け廻ったことが、小説を書く上の支えになっていることをしみじみ感ずるのである。

信州に生まれ、旧制中学を卒業して上京するまでの十七年間——自然に抱かれ、自然の中に育った期間がなかったならば、おそらく私は、小説は書けなかったであろう。

努めなければ自然に触れられない

私は、私の子どもたち三人をなるべく自然にふれさせる環境においておきたいという願いから、夏休みは必ず故郷の諏訪へ帰えしてやった。

その子どもたちも一人は大学卒業、二人が大学在学中であるが、今になっても夏休みになるといなかへ行きたがる。幼いころの思い出がなつかしいのであろう。

都会の子どもでも、先生の指導いかんによっては、自然にふれさせることができないこともない。

今の教育をはたからみていると、算数の力をつけるとか、社会科の問題を暗記させるというようなことばかりにいっしょうけんめいで、自然にふれさせることなど、二の次のように思われてならない。

たしかに有名校を出れば、就職にも有利だろうし、いわゆる出世の確率も高いということになろう。

だが、それだけが人生のすべてではない、ということも、はっきり言えよう。

人間の冷たさと出世

人間的に親しみがもてる人、信頼のおける人、底力のある人——こういう人は、だいたいいなかの出身である。子どものころに山をかけ回り、川で魚を追い回した経験をもった人のほうが、人間的に大成される人が多いように思われるのである。

都会に生まれ、一度もより道もしないで、有名小学校、有名中学校、高校、大学と最短距離をへて、社会に出られた人に会うと、何かしらの冷たさを感ずる。

その冷たさは何か——。人間的に枯渇した環境の中で育ってきたからではないかと、私は思うのである。

出世とは、人間的に次第に冷たくならなければならないコースを歩いているものであろうか。

教育とは、人間をつくるものである。人間をつくるという観点からみると、先生の第一の仕事は、知識を授けることではなくて、自然の中に自然を認めるということ、いかにして自然を認めさせてやるか、いかにして自然の美しさを認識させるチャンスを作ってやるか、自然を愛する気持ちを起こしてやるかということが基本ではないかと思う。

一生をふりかえってみて、その一生が楽しいと思える人はつめたさを持っていない人である。

日本国中に偉いけれどつめたい人があふれたら、いったいどんなことになるであろうか。

山をよごさない生徒たち

私は山が好きで、よく山を歩く。ことしの夏のことであった。ふもとで、土地の子どもたちを連れて登ってくる先生に出会った。あの木は何の木である、この花のなまえは——など先生が教えながら歩いている。昼食になって、先生は「べんとうのからは、捨てないでリュックに入れて持って帰れ」といわれた。

子どもは、いわれたように用意してきたビニールの袋に、紙くずなどを入れて帰っていった。私はこれをみて、美しい風景だなあと思ってみていた。

山をけがすようなことはしないで帰ってくるということは小さなことかもしれないが、実はたいへんな大きなものを子どもたちに与えているのである。

気象観測はグラフを作ることではない

これににたようなことが、都会で見られることは少ない。学校の都会化が、受験勉強というような姿で示されるとすれば、これからますます都会といなかとのアンバランスが著しくなってくるのではあるまいか。

一本の植物を植木鉢に入れて、これを育て観察し、鑑賞することだけでも、自然に接することである。都会地の先生には、子どもたちに、自然に接する機会や場を、特に意識して作っていただきたいと思う。

気象観測は、自然に接するたいへんにけっこうな場であると思うが、温度や気圧を読みとり、それをグラフにしてしまえばこととたれりでは、問題であろう。

これでは、気象台のまねごとにすぎない。同じ温度を測るにしても、けさ、温度が下がったのはなぜだろうと考えたり、霜柱がよけいでたのはどうしてだろうと疑問に思ったり、つまり、観測することだけではなくて現象がおこる背景を考え、考えさせることが、学校の観測というものであろう。

土一升、金一升の都会地では、家に庭のあるというようなことは、まず望めない。が、学校ではそう広くはなくても校庭はあるはずである。

自然に接触する機会の多い地方の学校でも、系統的組織的に学習させることのできる場としての活用を望みたい。

都会地の学校では、いわずもがなである。

自然環境は校庭だけでは、やはり十分ではない。校外、郊外へつとめて連れ出してほしいものである。

理くつではなく、谷川の水は冷たいことを体験させること――風がものすごく強くなると、痛いように感ずることを感じさせること――雪と氷とはべつものであるということを体験させること――こういうことこそ、最もたいせつなことではないかと私は思うのである。

（「小六教育技術」一九六五年十一月）

Ⅱ 富士

富士登山に忠告する

私の故郷信州諏訪湖湖畔の高島城址から南東を見ると、山と山の間に白雪をいただく富士山が見える。遠いからそう高くは見えないが、附近の山とくらべるべくもなく断然美しい。だから私の幼い心には富士は日本一高い山というより、美しい山という感じが刻みこまれていた。そろそろ、物心がついて来た頃、この私が別格に美しいものだと考えていた富士山に私の祖父が登山した。

白木の金剛杖を持って帰って来て、祖父が第一番目に云った言葉は、今でもはっきり覚えている。

「富士山は二度と再び登る山ではないな」

私の祖父は強力《ごうりき》を一人つれて登ったのであるが、その強力が悪い奴であったらしく、特に必要と認めないのに、やたらに石室で休んでは金を支払わせ、愈々《いよいよ》頂上近くなると約束以上の金を要求した。それればかりではない。頂上で御来迎を拝み、さあ下山となった頃祖父の草鞋《わらじ》が切れると、一足五十銭で持って来た草鞋を売りつけたのである。大正の初めのことだから、一足五銭ぐらいのものであったのに、十倍の値を登山者の弱味につけ込んで請求したのである。

どの登山口から祖父が登ったかは覚えていないが、余程悪い印象を残したと見えて、その後も富士山といえばこの事を話していた。

しかし私の幼い頃からの富士山そのものに対する考えは祖父の話だけでは、そうたやすくつがえされるものではなく、祖父の死後も、富士山に一度登って見たいという希望は消えなかった。

昭和五年の夏のこと、私は学友とともに初めて富士山に登る計画を立てた。御殿場の宿へ泊って、翌朝早く登る予定であった。ところが、夕食を食べて、寝ようとした頃、隣室がにわかにうるさくなった。関西からの団体登山者が騒ぎ出したのである。なにか品物が紛失したというのである。

「学生さん、すみませんが……」

といって番頭に起され、荷物の検査を受けた。番頭が私達の部屋へ入って来ると、隣室の襖《ふすま》をあけて、関西の登山客が顔を出し、あっちを探せ、こっちを探せと世話を焼くのである。初めはおとなしくしていたが、あまりのやり方にこっちも腹を立てて、警官を呼んで来たらどうだと文句を云った。

こんなことですっかり気分を悪くした私達の富士登山だったから、途中も決していい印象は残らなかった。

「二度と富士山へなんか来るもんか」

私達はそんな捨ぜりふを残して山を降りた。祖父の云ったとおりだなと思った。ところが二度と登るつもりでなかった富士山へ本格的に登らねばならないようになったのだから運命は皮肉のものだ。

昭和七年、私は気象台へ奉職すると、直ぐ富士山へ登るように命ぜられた。その年の七月、私は頂上観測所が設立されると共に、交替要員の中へ加えられた。それから昭和十二年まで毎年三回か四回は一カ月滞在予定で富士山へ登った。私の富士山頂の滞頂日数を総計すると一カ年以上になる。仕事のために登るとなると、厭《いや》も応もない、夏であろうが冬であろうが、登らねばならないのだ。昭和七年から初められた富士山観測所はその後も一日も休みなく今でも続けられている。

富士登山の最盛期は七月、八月の二カ月である。登る方でも、この二カ月の間になんとか登ろうとするし、富士山を舞台に稼ぐ方でも、この二カ月が一年なのだ。こうなれば当然、荒稼ぎの商法をやるだろうから登山者に不愉快をかけることもある。しかし、富士山の途中の石室の施設が悪く非衛生だということを、一概に責めるわけにも行かない。登山者の方も、ちゃんと山登りする心構えはっきりしていさえすれば、或る程度不愉快が不愉快でなくなるだろう。

「ここから上にはもう小屋はありませんぜ、休むならここが最後ですよ」

七合を過ぎると、客引きにこういう嘘をつかれることがある。ないどころか小屋は頂上まで殆んど連続してある。頂上にだって、何軒も小屋はある。こういう嘘にひっかかるのは本人も悪い。調べが不足だからである。

「近頃の客はちゃっかりしていて、仲々金を落さない」

と、ある石室の番頭が云った。どういうふうにちゃっかりしているかは知らないが、無駄な金を費《つか》わぬには、私は大賛成である。食糧も水も、スリーピングバックぐらい用意して登る覚悟があってこそ、登山というものだ。万全な用意をして登山した場合、初めて快適だったという印象が残るのではないかと思う。

富士山へ登ったには登ったが、遠くが見えないでつまらなかったとこぼす人がある。これはやむを得ない。七月、八月という季節は、山には雲が多い。日本の半分まで見透せるような天気なんてあるものではない。途中何回か霧にやられることは覚悟していかねばならない。下ではそう悪い天候でなくても、富士山は頂上に近づけば近づく程、風が強くなるから、その影響するところは大きい。古来夏の富士山で遭難した人が案外多いのも、準備の不足から来るものである。

登る前に天気予報を聞いてから出発しないと危険である。天候を勘定に入れると、七月、八月中に快適な登山日というのはあまりなくなる。

九月に入ると、石室は閉じられ、登山者はなくなり、火の消えたように富士山は淋しくなる。富士山のことをよく知っている人はこの頃をねらって登山する。小屋がないから、責任は全部自分が負わねばならないが、気持はずっといい。朝早く出発して日帰りの旅程を組むのがいいが、九月になると台風という危険なものがあるから、この点は細心の注意がいる。

九月に入ると、晴間もずっと多くなるし、なによりも気持のいいことは人がいないことである。山登りの醍醐味を満喫できるのもこの頃である。

富士登山に当って用意しなければならないものをあげると、第一番目に雨具である。夏山の天気は変り易いから、少くともビニールのレインコートぐらいは用意しなければならない。次に毛糸のシャツの上下も必要だ、三七七六メートルという高さだから、気温はずっと低い、富士山頂観測所の資料から見ると七月の平均気温が五・五度、八月の平均気温が五・七度である。八月の最低気温を見ても氷点下四・三度という寒さである。

東京で云えば二月から三月へかけての冷たさである。これは気温だけのことで若し雨にやられ、風でも出たら、身体に感ずる寒さはもっとひどくなる。雨具も防寒具も食糧も持たずに、登山して風雨にやられ、石室へ逃げこみ、そこで予想外の金の請求を受けたからと云って、

「富士山は二度登る山ではない」

とふれ廻すのは当らない。

完全な準備をした上で、やむなく風雨に遭遇したならば、それは貴重なる体験として、その人の生涯に保存され、不愉快な印象として残るものではない。


（「旅」一九五七年八月）

夏富士

私は昭和七年から昭和十二年までの間に、富士山頂観測所に少なくとも三カ月間は勤務していた。夏の期間より冬の期間の方が多かったが、今考えると楽しい思い出が多い。

ある年の夏、白衣の行者が登って来て、観測所の百葉箱（温度計、湿度計などの気象機械を入れる箱）におさいせんを投げたことがあった。五銭だったか、十銭だったか忘れたが、本人が一生懸命になって拝んでいるのだから私はなにもいえずに黙っていた。あとで、そのお金は浅間神社のおさいせん箱へお返えしした。

頂上へ来る人は例外なくあごを出しているから、動作にとんちんかんなことがある。眼下に見える伊豆の大島を八丈島かと聞いたり、遠くに見える雲海を日本海ですか、というような質問はよく受けた。

なかにはしっかり者の学生がいて、頂上測候所の風向風速計の精度について議論を吹かけて来る人などがあった。こんなのは例外である。

外国人がホテルと間違えてよくやって来た。これはスイスの山々の頂上近くにあるホテルに気象観測所があることを知っていて、日本の富士山頂観測所もホテルの中に間借りしているものとかん違いしたものらしい。

泊めてあげることができないというと淋しそうな顔をして帰っていく後姿は気の毒だった。便所を貸せという客は多かった。今でも夏になると、山の不潔さが問題になるが、霊山富士山頂にも日に万もの数の登山客ですっかりよごされ、便所など使用にたえなくなる。こういう問題は地元も登山者も力を合わせて努力しないとなかなかうまくいかないものである。

年毎に少しずつ良くなっていくようにしたいものだが実際はどうであろうか。

富士登山で不愉快にされることの一つに、途中の石室での嘘つき番頭のことである。これ以上うえには小屋はないからここに泊っていけと嘘をいうのである。

近頃は自粛して、嘘つき番頭は相当減ったかに聞いているが、実際、富士登山をして帰って来た人に聞くと案外減ってはいないらしい。

「富士山には一度登るもの、二度登る奴の馬鹿」

こういう言葉が往時あった。今は昔ほどでもないが、帰って来た人が、もう行くのはいやだというところを見ると、矢張り途中の不愉快さだろう。

気持よく登山できる富士山にしたいものだ。そうもしないで、ただいちがいに、富士山のケーブル化反対などというのは考えものだ。

(「ベースボール・マガジン」一九五九年七月)

富士の巨星二つ

友人から電話があった。どうやら天気も落ちついたようだから富士登山をしたい、久しぶりで長田《おさだ》輝雄氏に会いたいが、彼はいま頂上にいるか、御殿場の富士山測候所の事務所の方にいるか教えてくれという問合わせだった。長田輝雄氏はことしの二月二十六日、御殿場口七合目で殉職したと知らせてやると友人は、えっと、いったきりあとの言葉が出なかった。富士山の主といわれた輝（テル）さんが山で死ぬとは、思いもかけぬことだったらしい。

私が輝さんを知ったのは昭和七年の冬であった。その後数年間交代勤務員として富士山観測所にいたころ、輝さんに登山法の指導を受けていた。当時、私の知っている富士山の案内人の中には、登山技術や、強力としての力量や、案内人としての知識などよりも、口の方が達者の人が多かった。この方で、寡黙実行型として、私たち富士山頂観測所員に親愛されていた強力に長田輝雄氏と小見山正氏があった。

二人は冬季富士山にかけて卓抜した技術を持っている上、人柄がよかった。山頂の四十日間の男ばかりの単調な生活の中に、笑いをもたらすものはこの二人であった。輝さんはシャレが得意で、なんでもかんでも無理矢理シャレで皆を笑わせた。小見山正氏は通称コミさんで通り、おどけた格好でみんなを笑わせた。二人とも大変な働き者であった。

富士山頂の滞在中の炊事係が輝さんかコミさんだったならば、その四十日間は実に楽しく過ごすことができた。コミさんはものすごい力持であった。三十貫〔一貫は三・七五キロ〕近くあるエンジンボデーを頂上にかつぎ上げるほどの文字どおりの強力であった。富士山一の力持ちとして日本全国に知られ、その力持ちを新聞社に買われ、北アルプス白馬山頂に五十貫近い石をかつぎ上げるという、人間業として想像できないことをやった。その過労が彼の命を奪った。

コミさんの命日に私は輝さんと共に足柄山のふもとのコミさんの墓を訪れた。じっと目をつむっていると、谷川のせせらぎにまじってコミさんの笑い声がした。力持ちだったがために死なねばならなかったコミさんが、たまらなくかわいそうでならなかった。

「コミさんも富士山で死なせてやりたかった」

輝さんがいった。輝さんは球根のついたままで取ってきた山ユリをコミさんの墓に植えていた。なにか思いつめたような表情だった。

「どうせ死ぬなら富士山で死にたいもんだね……」

その言葉は輝さんが彼自身に向っていっているように聞こえてならなかった。その後輝さんは同じようなことを、私以外の人にも、ちょいちょい話していた。不幸にも結果はそのとおりになった。

富士山の冬は突風と氷に気をつけないといけない、突風の強さと方向を耳で聞き分け、氷の上でこういうふうに身構えるのだと私たちに教えてくれた輝さん自身が、風速四十数メートルの突風に吹きとばされて、氷壁を血に染めた。

輝さんの石橋をたたいて渡る式の慎重な登山法と、四十年の経験をもってしてもしりぞけ得なかったほど、自然は過酷であった。

輝さんの墓は御殿場市、中畑にある。コミさんの墓からは富士山は見えないが、輝さんの墓は富士山のよく見える丘の上にある。

（「毎日新聞」一九五八年八月二十四日）

一富士 二鷹 三ナスビ

　初夢について一富士、二鷹、三ナスビということわざがある。初夢に富士を見るのが最も縁起がよく、次が鷹、ナスビがいいとされている。どういう故事からこういうことが云われるようになったか知らないが、富士だけは至極もっとものように考えられる。

　私は昭和七年から昭和十二年まで、富士山頂観測所勤務員として、少くとも一年のうち三カ月間は富士山の絶頂で暮していた。昭和十年頃の正月だったと思う。この初夢について富士山頂で、ストーブを囲んで五人の所員と共に話し合ったことがある。

「初夢に富士山を見ると、その年はきっといいことに見舞われると云われているが、それは下界での話、僕等のように富士山頂に住んでいる者にとっては、一体どうなるんだろう」

「どうなるって意味は」

「つまり僕等は富士山の頂上に寝ている。そこで初夢を見る、下界のことを見るだろうが、夢となって出て来るもののうちでもっとも確率の多いものは、僕等の日常の仕事のことだろう。

例えば、眠っている間に、霧氷が出て来て風速計をとめてしまわないかとか、明日は観測当番だから寝坊をしてはならないとか。……そういう富士山頂の生活自身が必ず夢になるだろう、ここに五人いる五人とも一晩のうちにはきっとそんな夢を見るだろう、富士山頂の生活はとりもなおさず富士山の夢だろう、そうすると僕等は全部その年はいいことがあるってことになる。

僕は去年の初夢もこの山頂で見たが、特にこれといっていいことはなかったがね」

「なるほど、それは理窟だね、そう云えば、正月に頂上勤務をやったからって、決してその年にいいことはなかった」

そんなとりとめもない話をして私はその夜初夢の床についた。冷いベッドである。毛糸の靴下を二枚重ねて穿いて、上衣を取って毛布の下にもぐり込む。間もなく身体は暖くなるが、首から上、特に耳がつめたい。今ごろ下界ではなどと考えると、人里離れた山の絶頂での生活が、もの悲しくあわれに感ずる。眠りにつくまでの都会への郷愁である。

その夜、私は、富士の夢を見た。一富士は一富士だが大変な富士の夢だった。富士山頂がものすごい音を立てて崩壊していく夢であった。

富士山頂は剣ガ峰の絶頂にある。観測所のすぐ下は大沢の大ガレ場である。今でもそうだが、当時も今と変りなく、雪が解けると、岩石の崩壊が毎日のように、観測所直下の大沢で起きていた。崩壊が始まると、白い砂煙が砲煙のように立昇って見えた。

御中道《おちゅうどう》巡りをすると、この大沢の岩石のくずれ落ちる場所に突当って肝を冷やす。いつ上から石が落ちて来るかも分らないし、その狭い悪沢の不安定な石を踏み動かしたらなどと考えると足がすくむ。こういう場所を歩いて見たり、実際岩石の崩壊を見ている私には、測候所の位置自体が大変危険に思われてならなかった。

観測所が、東安の河原から剣ガ峰へ移転してから間もなくであり、観測所の基礎となっている岩盤が、ちっとやそっとで動くようなものではないことをこの眼でよく見て知っている私だったが、やっぱり、くずれ落ちはしないかという不安が潜在していた。それが夢になったのである。

夢の中での富士山頂の崩壊はすさまじいものであったが、崩壊と共に観測所は頂上からはじき出されるように宙に浮いた。今に岩に当ってくだけ散る。今に、今にとはらはらしていたが、いつまでたっても観測所は宙に浮いたままだった。

翌朝観測所員が初夢の話をした。五人のうち三人は夢は見たには見たが忘れていた。一人はエンジンが起動しないで困っている夢を見た。今は下から電力線が引きこんであるが、当時はディーゼルエンジンを廻わして、電池に充電した。このエンジンの保守が大変な仕事であった。

「すると二人が富士山の初夢を見たことになる。これは縁起がいいぞ、……縁起がいいということにしておこうではないか」

「登山者でもあるといいが……」

時折は登山者があった。御殿場口から登る人だったら、そしてその人が頂上に観測所のあることを知っている人だったら、大てい、御殿場の宿あてに来ている、私たち宛の手紙や新聞、時によると新鮮な菓物などを持って来てくれた。そういう物を持って来てくれなくとも、下界から人が来てくれることは楽しいことだった。こういう場所にいると私達は下界のニュースを持上げて来る人が大変なつかしかった。

その日の夕方になってから、私たちは三人の強力をつれて来た登山者の訪問を受けた。珍らしく大宮口から登って来た登山者である。三人の強力を雇って来た男は立派な登山服装をしているけれども、最初からひどくおうへいな態度だった。

「泊めて貰いますよ」

と男は観測所をホテルと見立てて、私達に向ってボーイにでもいうような口のきき方をした。

「なにかあたたかいものを下さい、僕はものすごく疲れて、それに眠いんだ」

男は観測所の入口でアイゼンを取りながら云った。男がつれて来た大宮の強力は、おとなしそうな男だったが、冬山の経験がないらしく装備が不完全であった。相当に参っていた。足ゆびに凍傷を起している男もいた。

私たちはこの登山者たちを中央のホールに通してやった。お湯はわいているし、部屋の中は暖かだった。

「二、三日とめて貰いますから、食糧はあります」

一方的な云い方であった。食糧さえあれば、勝手に来て、勝手に泊っても文句はないだろうとはじめから当てこんで来ているふうであった。

冬山の登山者の中には時にはこういう男もいた。だが私たちはしばらく黙って聞いてやっていた。昂奮しているのである。途中、寒さと風と蒼水で痛めつけられて来ると、この登山者のように、やたら大声を出す者と、逆に妙にしめっぽくめそめそする者といた。本ものの登山者と、にせ者では、この一瞬で区別がついた。

私たちは、このにせもの登山家が間も無く大言壮語を始めるだろうと思っていた。予想どおりその男は、ストーブに当って、顔を真赤にして自慢話しを始めた。山の自慢話ではなかった。旅行の話を、まるで探険家のような口ぶりで話すのである、アフリカが出たり、南アメリカが出た。船乗りの経験者かと思って聞いて見たが、そうでもなさそうであった。知名の人の名が次々と出た。どの人とも親友のような宣伝ぶりであった。

翌朝は薄曇りであった。風は十数メートル。この季節とすれば珍らしくおだやかな日であった。

「天気が悪くなりますよ。今度悪くなったら一週間は暴風雪でしょうね」

天気が悪くなることは事実だったが、一週間悪天候が続くというのは嘘であった。私たちはこういうお客様に長逗留はして貰いたくなかった。仕事の邪魔だったし、第一食糧を持っていますといいながら、彼等の食糧は夜と朝で費い果たしていた。

天気が変ると云われて、強力連中が動揺し出して帰ると云いだしたのがきっかけで、このお客様は下山していったが、結局のところ、私達はこの人たちに二食分の弁当を提供してやらねばならなかった。

三人の強力はひどく恐縮して何度も礼をいいながら山をおりていった。

「とんだ初夢だったね」

私達は嵐が去って、ほっとしたような顔を見合わせていた。

それから十日あまりたって、払たちは交替員御殿場朝出発の報告を受けた。四十日ぶりで下山できるうれしさに、双眼鏡を持って、朝から下界を覗いていた。

交替員は五名の他に、三人の強力が食糧と荷物を背負って来るのが通例だった。全部御殿場の強力で、その中には、私の「強力伝」のモデルになった小見山正君他数名の常連がいた。遠くても、歩き方で、誰が誰やら分っていた。

「ひとりだけ見掛けない男がいるぞ」

交替員が七合八勺を出発して、尾根道（現在の長田新道）に掛ったのを、頂上から双眼鏡でとらえて云った。

私も双眼鏡を覗いて見たが確かに見馴れない強力がひとりいた。

その男は、初夢の翌朝頂上へ来て一晩泊ったことのある大宮の強力で、あの大言居士から依頼されて、頂上観測所慰問のためにわざわざ、野菜と菓物を背負って来たのであった。

私たちは四十日ぶりで大変御馳走にありついた。頂上では、なによりも野菜と菓物が欲しかった。

「人は見かけによらないものだな」

「やっぱり一富士の初夢が当ったというわけか」

私たちはそういって笑い合ったが、登って来たばかりの交替員は、一富士の初夢がなんのことやら分らずに、私たちが一生懸命にミカンの皮をむく手つきを見詰めていた。

（「山と高原」一九六〇年一月）

富士をめぐる人々

怒る山

宝永四年（一七〇七年）の富士山大噴火の前兆は、約一カ月ほど前から現われていた。宝永四年十月四日に、突如烈震が富士山麓一帯を襲った。山がくずれ、家が倒れた。その後一日数回の有感地震が連続して、十一月二十二日にいたり再び烈震が起り、地鳴り、震動は終日続いた。由比《ゆい》、蒲原《かんばら》、吉原は倒壊家屋が多かった。そして翌朝十一月二十三日午前八時、世も終りかと思うような地鳴りとともに、噴煙が富士山の一角から青空高く上ったのである。噴煙は見る見るうちに空をおおい、夜のように暗くした。黒い噴煙の中で電光がきらめいていた。焼け石が降りはじめ、森林や家を焼いた。

噴煙は北西の季節風に乗って、富士山南東方面に降りそそぎ、住民は熱砂の中を逃げまどった。

富士山大爆発の降灰は江戸にまで達した。午後になると、江戸市中は夜のように暗くなり、鼠色の灰が雪のようにつもり、やがて黒い砂が霰《あられ》のように屋根をたたいた。

大噴火は四日四晩続いたのち、急にその勢力を弱め、それからは日の経つに従って噴煙は薄れていって、十二月九日の早暁に至って消えた。

この噴火の降灰は、印野《いんの》、御殿場一帯で平均五尺（約一・五メートル）、須走《すばしり》村では一丈余（約三メートル）。大御神《おおみか》村で七、八尺（二・一メートルないし二・四メートル）、被害は五十九カ村に及んだ。

農地のほとんどは灰をかぶって、将来の見通しは立たなくなったばかりでなく、須走村のように一戸も残さず全滅という村もでた。決定的被害を受けた農家だけでも、五千五百戸、二万七千五百の人が、その日から路頭に迷わねばならなかった。

小田原の領主大久保加賀守は、駿河、相模の被害地へ一万俵の米を送ったが、これだけでは当座を過ごすことができたとしても、とても冬を越すことはできなかった。大久保加賀守は、実情を幕府に報告した上で、耕地の全滅した駿東郡御厨《みくりや》五十九カ村と、足柄二郡を幕府に上地（返納）した。

幕府では中山出雲守、河野勘右衛門を検見として被害地に派遣して調査の結果、到底復旧の見込みがないと見て、

「農地を離れ、勝手次第に離散して生計を立てるように」

と五十九カ村の主なる者にいいわたした。農民は領主からも幕府からも見放されたのである。勝手次第に職を捜せといわれても行くところはなかった。名主代表は、思案に思案を重ねた上、新しく被害地の支配者となった関東郡代伊奈半左衛門のところに、懇願に行った。

伊奈半左衛門は農民の窮状を聞くと、さっそく被害地の視察に馬をすすめた。想像以上のむごたらしさであった。見渡すかぎり灰の下に埋もれた大地の上に、餓死寸前の農民が坐りこんでいた。

伊奈半左衛門は飢えた農民を救うために、男一日二合、女一合、馬一匹につき銭二十文を与えることを約束した。応急の処置は取ったが、さて、この広い面積の降灰をどう処置していいやら、わからなかった。彼は灰色の大地を見つめたまま途方に暮れた。

伊奈半左衛門は、幕府の要路にいる者を説いた。降灰被害地の農民を幕府が見捨てるようなことをすれば、その話は全国に伝わり、幕府の威信は地に墜ち、民心は幕府から離れていくだろう。この際はいかなる犠牲を払っても、罹災地の復興をなすべきであると力説した。

幕府は伊奈半左衛門の熱心な献言をしりぞけるわけにはいかなかった。だが、右から左に復興資金を出すほど幕府の財政は豊かではなかった。

大老・柳沢吉保は一策を案じ、富士山麓降灰地復興のためと称して、全国大名から禄高百石につき金三両ずつ徴収して四十万両を集めた。富士山麓の農民たちはこの話を伝え聞いて、間もなく幕府の本格的援助の手が延びてくるだろうと待ったが、その金は罹災地には回らず江戸城内御殿の造営費に使用されていた。伊奈半左衛門は心中おだやかではなかった。罹災地救済目的で集めた金を、目的外に使用されたのでは農民は浮かばれないし、第一、金を出した地方の大名が黙ってはいないだろうと思った。

伊奈半左衛門は老中筆頭・土屋相模守政直にヒザ詰め談判した。だが土屋政直は、

「わかっておる。だが事を急いでは必ず失敗する。もう少し待てぬものか」

といった。なにか腹の中にあるようであった。

「一刻も待てませぬ。農民たちは困窮の極に達し、日に日に餓死者を出しています。いますぐ救済事業を起さないと、農民たちは全滅してしまうでしょう」

伊奈半左衛門がいくら声を高くしても、土屋政直は動かなかった。伊奈半左衛門は直接大老柳沢吉保に当たって見た。

「国が大事か、富士山麓五十九カ村の方が大事か」

柳沢吉保は伊奈半左衛門を相手にしなかった。

伊奈半左衛門は関東郡代であった。関東郡代としてできるかぎりの食糧と金を災害地に送りこんだが、五十九カ村の農民を救うことはできなかった。彼の力の限界に達しつつあった。

伊奈半左衛門は宝永六年五月、再度被害地を視察した。宝永四年十一月の噴火で灰の下になった農地は、ほとんどそのままだった。宝永五年の一年間は収穫皆無だったから、食べるものはほとんどなく、餓死者は五十人を越えていた。農民たちは立って歩くのがやっとであった。通りかかった伊奈半左衛門に手を合わせる農民を見ると、伊奈半左衛門は、居ても立ってもおられない気持であった。

伊奈半左衛門は復興事業について腹案があった。農民たちに食糧を与え、日当を出して、降灰取り除けの作業をさせることであった。降灰は酒匂《さかわ》川に流すことが妥当と考えられた。それにしてもまず、食糧であった。伊奈半左衛門は関東郡代の他に、駿州、遠州の代官所の取締りをしていた。どの代官所に貯蔵米がどのくらいあるか、よく知っていた。彼は幕府に対してこの米を罹災地に回すよう申請した。

「駿府の米倉をからっぽにしてまで百姓どもを救いたいのか」

土屋相模守政直は伊奈半左衛門をきつく叱った。

「救いたいと思います。救わねばならないのです」

伊奈半左衛門は政直の顔を見詰めていった。

罹災地の状況は日を追って悪くなっていった。降灰地をすてて、他の土地へ職を求めて去る者もあったが、あくまで、その地に留まって、再び田を開こうと、背よりも高くつもっている灰を取り除こうとしている農民の姿は悲愴な限りであった。餓死者が増えていった。

伊奈半左衛門は死を覚悟した。死を賭けて農民を救おうと思ったのである。

伊奈半左衛門は職権を行使して、駿府（いまの静岡市）紺屋町の代官所の貯蔵米一万三千石を罹災地に送らせた。この米は餓死寸前にいた農民を救った。

伊奈半左衛門のこの越権行為が許されるはずはなかった。彼は捕えられて江戸へ送られた。

伊奈半左衛門の取った非常手段は、幕閣を震駭《しんがい》させた。幕閣内部にも伊奈半左衛門に対する同情者が現われたし、御三家の中でも、伊奈半左衛門の行動を非公式に讃める者があった。諸国の大名の中には、降灰地救済と称して巻き上げた金で、大奥の御殿など造営しているのを見て快く思わない者がいたから、伊奈半左衛門の行動を武士らしい振舞いだと放言する者まで出て来た。幕府は、救済金の使途を明らかにしなければならないところまで追い込まれた。

幕府は伊奈半左衛門に一応閉門を申しつけて、時間かせぎをした。それまで知らん顔をしていた罹災地への救済金をしぶしぶと支出した。集めた四十万両のうち二十四万両はすでに使ってしまっていたから、実際に罹災地へ出した金は十六万両であった。だがこの金で、復興事業は始まった。

伊奈半左衛門は閉門中にも罹災地の復興計画についての構想をねっていた。

「降灰を取り除き、前々通りの農地にするには、少なくとも三十年はかかるだろう。そのつもりでかからなければならない」

正徳二年（一七一二年）に年がかわったころ、こっそりと見舞いにきた実弟の忠達《ただみち》に、ひとりごとのように洩らした。

伊奈半左衛門の処分が中追放と決まったのは、その年の二月の下旬であった。中追放とは島流しのことである。動機がどうであっても、幕府としては越権行為を罰しないわけにはいかなかったのである。

伊奈半左衛門は、島流しの日を待たずに、正徳二年二月二十九日切腹した。四十歳であった。伊奈半左衛門の死について、他に二説ある。一説は三宅島に流されて、そこで死んだというのであるが、これは明らかにウソである。流人帳を見ると、元禄十年に元代官伊奈兵右衛門という人が三宅島に引負《ひきおい》の罪科で流され、元禄十二年この地で死んでいる。この人と間違えたのであろう。

『富士の歴史』（井野辺茂雄著）には「不幸にして病に罹り、正徳二年病死した」と書いてある。あるいは切腹を、公式には病死と発表したのかもしれない。

幕府は伊奈半左衛門の死後、その弟、伊奈忠達にその跡目を継がせた。伊奈半左衛門の行為はこれによって正当視されたのである。伊奈忠達は伊奈半左衛門に優っても劣らない人物であった。彼は兄、半左衛門の計画を次々と実行に移し、三十年後には半左衛門の予言のとおり、完全復興がなったのである。

伊奈半左衛門の思恵に浴した農民たちの子孫は慶応三年になって小祠を立てて伊奈半左衛門をまつり、明治十一年になって石製の祠宮を駿東郡北郷村（現在の小山町）吉久保、日吉神社社内にたてた。

信仰の山

富士山を対象とする信仰は、非常に古くからあった。浅間神社の名が記されている最も古い文献は文徳実録で、仁寿三年（八五三年）七月に駿河国浅間神社が従三位に叙せられたと書いてある。これから想像すると、浅間神社の鎮祭はそれよりずっと古いことになろう。浅間神社の社伝によると、孝霊天皇の御世に「山足の地」に浅間神社を祭ったということになっている。孝霊天皇の時代というと、弥生文化から古墳時代前期にかけてのころである。気の遠くなりそうな古代から、富士山を対象とする信仰はあったのである。

富士山信仰が実践宗教的色彩を帯びてきたのは、僧末代が富士山に登り出してからである。久安五年（一一四九年）ころには、僧末代のほか多数の僧が登山している。僧末代は浅間大菩薩を信仰した。それまでの富士山信仰は、木花開耶姫《このはなさくやひめ》を祭神としていたのだが、僧末代のころになって、神と仏が合体して浅間大菩薩という宗教的対象が生じ、この思想が遠く幕末まで尾を曳いた。

天正年間（一五七三年―一五九一年）になって、角行《かくぎょう》という行者が、富士山麓人穴《ひとあな》にこもって荒修行をして、富士講の基礎固めをしてから、富士山信仰は急速に大衆化していった。登山という実践を基盤におき、神教にも、仏教にも、儒教にもつかぬ新興宗教がここに誕生したのである。

白衣を着て、手に鈴、数珠を持った富士講の行者と称する者が江戸市中を歩き回り、病人に加持祈禱をしたり、おふせぎと称する呪文のようなものを書いたお札を売ったり、富士の霊水と称する水を飲ませたりした。病は気からということわざがあるが、それがたいへん効くというわさがひろまると、われ先にと争って、そのあやしげな祈禱を受け、お札を買った。そして富士講は急激な勢いでひろまっていった。

幕府は島原の乱以来、宗教にはひどく神経質になっていた。耶蘇教とのつながりがないことははっきりしていたが、異常な勢いで信者を獲得してゆく富士講を放置しておくと、第二の島原の乱が起らないともかぎらないから、寛保二年（一七四二年）に、富士講結社を禁止し、加持祈禱をしたり、霊水を病人に与えることを禁止した。

だが、富士山信仰は衰微するどころか、幕府の弾圧の刺激を受けて、かえって盛んになっていった。幕府は安永四年（一七七五年）五月にいたり、さらに禁止令を出したが、いっこう効き目はなく、夏になると白装束に身を包み、脚絆《きゃはん》、わらじばき姿の信者たちが、各登山道につめかけて来た。江戸には取締りをよそに富士講の結社が雨後の筍のようにふえていった。幕府は、これに対して徹底的弾圧で臨もうとした。ところが、ここに予想外な抵抗が現われた。

寛政元年（一七八九年）四月二十三日朝、老中松平定信が登城しようと、桔梗門外にさしかかったさい、道ばたに土下座していた一婦人が、松平定信のかごを目がけて走りよろうとした。供の者が、これをさえぎると、

「お願いで、ございます、お願いのすじがございます」

と懐中から、一通の書状を出して絶叫した。この女の声がかごの中の松平定信の耳にはいった。松平定信はかごを止めた。

上書を右手にふりかざしながら、訴えるような目を定信に向けている女の蒼白な顔がそこにあった。

桔梗門外で老中松平定信に直訴した女はその場で捕えられて、町奉行初鹿野信興に引き渡された。

調べて見ると女は、紅葉山御庭方同心永井徳左衛門の妻、そよであり、夫にかわって松平定信に直訴したのであった。願書には大体つぎのようなことが書いてあった。

私はことしの六月十五日以来、富士山頂下の釈迦の割石の下で一生懸命、徳川家の代々繁栄を祈念しております。これは元々、身禄様のお教えに基くものであります故、どうか身禄様の書き残されたものを御覧下さった上で、身禄様の教えをお認め下され、この教えを伝えることを御許し下さいますよう御願い申上げます。

寛政元年八月大吉日　照行開山

松平越中守様

この願書の中の身禄様というのは、富士講身禄派の祖のことである。富士山、吉田口烏帽子岩において享保十八年（一七三三年）七月十三日、三十一日間の断食修行をして死んだ人で、この断食修行中に、門弟の田辺十郎右衛門に口伝したことが三十一日の巻となり、身禄派の教典となって残った。この願書の最後に書いてある照行開山というのは、御庭方同心永井徳左衛門の行者名であった。

幕府はこの直訴事件を重視した。

御庭番というのは、将軍や老中の直接膝下にあって、隠密を務める職であった。将軍や老中の内命を受けて、諸方の藩の内部を探ったり、一般大衆の動向などを調査するのがその役目であった。いわば幕府首脳部直属の秘密警察のようなものであった。同心といえば、現在の階級に直せば、巡査部長か警部補に相当する中堅であった。この御庭番という特殊の職業にある者は桜田門の御用屋敷に住んでいて、他の幕臣とは交渉のないようにしてあった。その永井徳左衛門がいつの間にか、熱心な富士講行者になっていたばかりでなく、その者たちの代表となって直訴をくわだてたということは容易なことではなかった。

永井徳左衛門は富士山から江戸へ送られ、関係ある御師《おし》（富士講の指導者格の人たちのこと、富士山麓、登山口に在住していて、富士講登山の宿舎も兼ねていた）も召喚されて、取り調べを受けた。

御師の代表田辺十郎右衛門についての取り調べはそれほど苛酷なものではなかった。身禄の遺書三十一日の巻はしばらく経って田辺十郎右衛門に返還されたうえ、

「今回のことは特に大目に見て置くが、今後直訴に及ぶようなことがあったら、富士講全部を厳重に処罰するつもりである。このことを全信者に伝えるように」

といいわたされて、帰宅を許された。

御庭方同心永井徳左衛門夫妻についてどのような処置が取られたか、どこにも記録は残っていない。

「照行様は富士講のために犠牲となられたのだ。殺されたらしい」

という噂が、囁《ささや》かれた。

幕府はこの直訴事件の直後しばらくは成り行きを見ていて、寛政七年（一七九五年）にいたって富士講の全面的禁止の触れを出した。

この富士講結社禁止令が出ても、その効き目があらわれないから、幕府は享保二年（一八〇二年）になって、さらにきびしい禁止令を出した。これに違反するものは、かたっぱしから捕えられた。富士講は禁止され、行衣を着て、鈴、数珠などを持って、加持祈禱をしたり、護符を出したりすることは許されなくなった。だが、幕府も富士信仰そのものは禁止できなかったのである。

夏になると、信者たちは個人の資格でぞくぞくと富士山に登った。そして、二年、三年、五年と経つうちには、また講の組織が復活して、十一年後の文化十年（一八一三年）ごろになると、富士講は完全に息を吹き返し、江戸市中だけで富士講が八百八講、信者の数七万余、全国の信者の数は二十万と推定されるようになった。夏になると、それぞれの講名を染め抜いた旗を立て、お揃いの法被《はっぴ》や手拭をかぶり、講によっては鳴り物入りで富士へ富士へとおし出して行った。男ばかりでなく、女まで富士講にはいって、富士詣での列に加わった。女性は二合目まで登ることを許されていたが、男装をして頂上をきわめる女も相当数いたようである。

幕府は文化十一年、文化十三年と引きつづいて、富士講結社の禁止令を出したが、もうそのころは富士講そのものが、あまりにも強大過ぎていて、幕府の力をもってしても、どうにもならないようになっていた。

富士講の中にはかなり多くの武士が加わっていた。長い間の封建政治に対する一般大衆の抵抗が富士講というかたちで現われたのであった。これに対して幕府は嘉永元年（一八四八年）になって、最後であり、しかも最も大規模な弾圧をやった。寺社奉行本多忠民は浅間神社本宮および村山浅間神社、吉田浅間神社等の主だった神官をことごとく江戸に召喚したばかりでなく、主なる富士講結社の代表者、各登山口の御師、関係村名主など、次々と呼び出されて厳重な調べを受けた。そして、翌嘉永二年九月になって、いままでになく、きびしい富士講禁止令を出したのである。

「百姓町人のいやしい身分にて、天子だの、天下だのと言ったり、新しい本尊を立てて教義をひろめるなどということは、もともと公儀で禁止せられていることである」

幕府はこのように富士講を叱った。富士講が信仰している対象が、神でもなく、仏でもなく、その教えをひろめて歩く者がまた、僧でも山伏でもないから、富士講は邪教だときめつけたのである。

幕府は禁止令だけでなく、吉田浅間神社の境内にあった富士講の始祖角行の社祠を破壊し、吉田口七合目の身禄堂を取りこわし、人穴の石碑を破却した。

この幕府の弾圧は、よほどひどかったとみえる。筆者が先年、吉田の上文司家（代々御師をしていた名家）に行って聞いたことだが、この当時幕府の弾圧をおそれて、御師の家では抜け穴やかくれ部屋をこしらえていた。戦時中、防空壕を掘って、たまたまこの当時の地下の密室が発見されたそうである。筆者もその跡を見せてもらった。

幕府は嘉永年間の富士講弾圧を最後に、富士山からは手を引いた。幕末で次から次と大事が持ち上がり、富士講まで手が届かなかったのであろう。富士講は幕末から明治、大正にかけて隆盛をきわめたが、昭和にはいってからは急速におとろえ、現在は、ほとんど行者の姿は見ることができなくなった。

雪と氷

富士登山は、夏季だけにかぎられ、しかも多かれ少なかれ信仰につながりがある登山であった。この信仰登山の壁をぶち抜いて、登山のための登山をした男がいた。

万延元年（一八六〇年）英国公使オールコックは、幕府に対して富士登山をしたいと申し出た。幕府はいろいろ口実を設けてやめさせようとしたが、オールコックは言うことを聞かず、ついにオールコックの一行は万延元年七月二十四日、富士山麓村山登山口大鏡坊に泊まり、翌二十五日出発し、途中一泊して、二十六日の朝、頂上に立ったのである。

万延元年といえば明治まであと八年という幕末ぎりぎりのことであり、実際に富士登山の様相が大きく変化したのは明治になってからであった。第一に女人禁制が解かれて、婦人登山者がふえたことと、信仰と関係のない登山者もふえた。だが、それも夏だけであって、冬季富士登山は不可能と考えられていた。

明治二十八年の夏、富士山頂剣峰で、九坪（約二十九・七平方メートル）ばかりの小さな木造小屋の建設が始まっていた。二十八歳の青年、野中到《のなかいたる》が工事の監督に当たっていた。野中到は私費で富士山頂気象観測所を造り、そこで冬季気象観測をやろうとしていたのである。

当時は冒険時代といわれるほど、世界的に冒険思想が吹きまくっていた。明治二十五年から二十六年にかけて、福島中佐がベルリンからウラジオストクまでの「単騎横断」をやり、明治二十六年三月には、郡司大尉を隊長とする百余人がボート五隻に分乗し、隅田川を出発して、千島列島最北端、占守島《しゅむしゅとう》に達した。これらの冒険思想と折りから日清戦争の直後で、国民的感情が高揚していたことが、青年、野中到に冬季富士山頂気象観測を決意させた動因の一つであろう。

野中到は、この仕事をだいぶ前から計画していた。根本には冒険思想があったには違いないが、単なる思いつきではなかった。当時の中央気象台が彼を援助した。ことにフランス帰りの和田雄治技師（当時予報課長、副台長格）は野中到を全面的に応援した。

野中観測所は明治二十八年九月に完成し、食糧、燃料、寝具などが運びこまれた。気象観測器械いっさいは中央気象台が貸与の形式をとり、野中到は中央気象台嘱託（無給）の肩書きを与えられた。小屋は居室と器械室と土間の三区分に分かれていたが、なにしろ敷地面積九坪だから小さい小屋であった。野中到は九月三十日にこの小屋にはいり、気象観測を始めた。すでに初雪は降っていた。完全に下界と分離された世界であった。

寒気と孤独の戦いは、彼にとってはじめての経験であった。日が経つに従って、寒気は増し、からだの調子が悪くなった。野中到が頂上の小屋にこもってから十三日目の十月十二日の夕刻、小屋の戸をたたくものがあった。いまごろ富士山頂へ人が来るはずもなかった。彼は耳を疑った。風の音にまじって、人の声がした。彼は、たったひとつののぞき窓から外をのぞいた。四人の人影があった。一人は小柄だった。その小柄な人に目をやった時、野中到は目を疑った。落日の最後の一瞬を全身に浴び、強力《ごうりき》にささえられて、立っているのは妻の千代であった。

「千代……おまえまさか……」

野中到はいそいで戸をあけた。

千代夫人は気丈なひとであった。夫、野中到が、ひとりで富士山頂にこもって一冬気象観測をするのを傍観しているのは婦道にもとるものだと思った。彼女は到には無断で、福岡の実家へ一子、園子を連れて帰って、そこではじめて、富士山頂へ登って、夫と生死を共にすることを告げた。そして、彼女の両親および野中到の両親を納得させせると、すぐ御殿場に引きかえして登山の準備にかかったのである。

到は妻が来たのを喜ばなかった。迷惑そうな態度を示したが、千代の決意に負けた。夫婦ふたりだけの生活がその翌日から始まった。千代が来てから、到の生活環境はよくなった。食事も旨くなったし、部屋も暖かであった。だがこれもしばらくの間で、十一月にはいって、きびしい寒さの到来とともに雪氷の中に小屋が封じこめられたころから、ふたりの体調は順調ではなくなった。千代がカゼをひきヘントウセンを腫らした。高熱を発した。ものが言えなくなった。到は、錐《きり》の先をやすりでとがらせて、その先を炭火で焼いて消毒してから、千代の腫れあがったヘントウセンを突いて膿《うみ》を出した。千代は多量の血を吐いたが、この日から熱がさがって快方に向かった。ようやく起き上ったものの、今度は脚気《かっけ》になった。顔のむくみが特にひどかった。瞼《まぶた》が腫れあがって、ものが見えないほどであった。千代は床に伏した。到が千代を看病した。食糧の箱の中から小豆の袋を捜し出した。小豆の粥を作って、千代に食べさせた。小豆が脚気にいいと聞いたからであった。この小豆粥療法が功を奏したのか、千代の脚気はよくなり、立って歩けるようになった。だが、そのころ到もすでに脚気にかかっていたのである。

到は重い足を引きずりながら狭い部屋の中を動き回った。気象観測は一日十二回やることになっていた。目覚し時計をかけて、二時間おきに起きて気象観測をした。睡眠不足による疲労が、脚気症状をさらに悪くした。十二月にはいると寒気は増し、暴風雪は連日続いた。

到は、気象観測中にしばしば倒れた。自分のからだではないようであった。彼は妻の千代に気象観測を教えた。万一の場合を考慮したのである。

「いいかね千代、観測野帳に記録を書きこんでからもう一度、温度計の示度を見るのだ、このチェックは忘れてはいけない」

到はついに倒れた。千代は小豆粥を作って、到に食べさせた。千代が治ったのだから、到もきっとよくなるだろうと思った。その小豆は間もなくなくなり、到の症状は更に悪くなっていった。山麓の御殿場玉穂村では、その後の野中夫婦のことを心配して、慰問隊を送ったが、途中吹雪に撃退された。

勝又恵造と強力の熊吉が頂上に着いたのは、十二月十二日だった。二人は野中到の病状がただごとではないと見て取った。熊吉が、むくんだ野中到の足をゆびでおすと、ぽこんとへこんだままだった。言葉ももつれがちだった。鬚だらけのむくんだ蒼白な到の顔は、この世の人とも思えなかった。千代も、やっと動くことができるといった状態だった。

「すぐ、下山しなきゃあ死んじまいますよ」

勝又恵造が言った。だが、野中到ははげしく首を横にふるだけだった。

野中夫婦が富士山頂で病に苦しみながら、気象観測をつづけているというニュースは、全国の新聞に掲載された。見殺しにするつもりかと中央気象台に文句をいいにくる者も、一人や二人ではなかった。

和田雄治技師は中村中央気象台長と相談して、文部大輔（文部次官）の牧野伸顕に相談して、官命を持って野中到を下山させることにした。

明治二十八年十二月二十一日、和田技師、筑紫警部、平岡巡査ら十一人が御殿場を出発して頂上に向かった。一行は八合目で一泊して、二十二日の昼ごろ頂上に到着した。

和田技師は野中到に下山をすすめたが、

「死ぬほどの病気ではない。もう少し経てば治るから、このままにしておいて下さい」

と野中はいった。予期したとおり野中到は下山をこばんだのである。

「官命です。文部大輔が、君に下山の命令を出したのです。この観測所は野中観測所ではあるが、君は中央気象台嘱託として、気象観測をしているのであるから、官命をこばむことはできないはずです。さあ下山しましょう。命とひきかえに気象観測をするなどということは非科学的な考え方だな、野中君、出直すことにしよう」

千代が和田の言葉を聞いて、声を上げて泣いた。野中夫婦の八十二日間の苦闘は終った。

野中到は二重、三重に毛布にぐるぐる巻きにされて、強力の熊吉が背負い、千代も毛布に包まれて鶴吉に背負われた。下山は困難をきわめた。八合目の小屋についたときには、野中到のからだは冷え切っていた。息も絶えだえだった。

焚火を焚いて、人工呼吸を交代でやった。千代は半狂乱の状態で、彼の名を叫びつづけたが、彼の耳には聞こえないようであった。野中到が正気にかえったのは、夜半を過ぎてからであった。

千代は、このとき下山のようすを次のように手記に書き残している。

「胸つき（胸突八丁のこと）早や半ば過ぎつらんと思う頃、良人は此朝まで、病の床に打ち伏し給ひしを、俄に負い参らせて、胸を押へたる上、肌もさくるばかりなる寒風、吹雪を巻立て、真向より吹き荒れし為、弱り果てたる身には、息つく事も得やすからず、胸いと苦しとて悶え、苦しめ給ふ程に、迎の方々必死となり給ひ、急を八合目なる方々に申し、力を合はせて室の中に助け入れ給ひし時は、良人は肌冷渡り、両眼を閉じ、息絶えだえとなりぬ」

野中到の体力は、限界ぎりぎりのところにきていた。息は吹きかえしたが、ものがよくいえず、目が見えなかった。千代の方は気はしっかりしていた。一夜が明けた。上天気だった。救助隊は背負子を椅子のように組合わせたものを作って、これに夫婦を乗せて下山した。胸を圧迫しないためだった。二合五勺には村の青年が担架を用意して待っていた。野中夫婦が無事救出されて御殿場についたのは、その夜の九時ころだった。

野中夫婦の行動は世人の耳目を聳動《しょうどう》した。夫婦の鑑《かがみ》として絶讃された。翌年の二月、市村座で「野中至氏」と上演されて、大喝采を受けたほどであった。

〔注〕野中氏の名前は通常は「至《いたる》」ですが、戸籍名のとおり「到」に統一しました。野中氏は、観測記録や文章を書くとき「至」をペンネームのように使っていましたが、遺族・厚氏は、今後資料発表のときは「到」の使用を希望しています。〔編注：野中千代の戸籍名はチヨ。通称・筆名は千代子。〕

科学の山

野中夫妻の冬季富士山頂における気象観測は、ふたりの名を不滅のものとした。だが、このショッキングな事件は、冬の富士山頂は人間の近よることのできないところという印象を世人に与えた。中央気象台が富士山観測所設立の予算を何回出しても、「生命の安全が保証できないような仕事に、政府として予算を出すことはできない」大蔵省の言い分はいつも決まっていた。大蔵省ばかりでなく、一般登山者も冬富士に近づく者はいなかった。

中央気象台佐藤順一技師は、かねてから富士山に観測所を設けることの必要を説く気象学者であった。佐藤の説を支持したのが、ドイツで気象学を勉強して帰朝した山階《やましな》宮菊麿王であった。山階宮は高層気象観測所の重要性を確認するための手始めとして、筑波山に測候所を設立して、これを中央気象台に寄付した。佐藤順一は筑波山測候所の初代所長となって、機会あるごとに富士山に登っていた。

佐藤順一が寒中、富士登山に成功したのは明治四十年一月二十五日、彼が三十五歳のときである。だが、その翌年、佐藤の支持者である山階宮菊麿王が他界したために、山階宮の力によって富士山頂に観測所を建てる計画は頓挫した。

佐藤はしんぼう強く待った。国の予算で観測所を建てることができないならば、民間篤志家の力によって設立し、観測所としての実績を上げてから、国に移管しようとはかったのであった。

大正十四年になって、実業家鈴木靖二が富士山観測所設立の資金提供を中央気象台に申し入れた。そして、昭和二年八月、富士山頂東賽河原（安の河原）に観測所はできあがった。十五坪（約四十九・五平方メートル）ほどの建物だったが、周囲を石積みにしたがっちりしたもので、観測塔もちゃんとできていた。夏の間は、気象台の職員が来て、ここで観測をつづけていた。

問題は冬季観測であった。昭和にかわっても、明治二十八年の野中到夫妻のことはそのまま語り伝えられていて、越冬観測は不可能と思われていた。佐藤は昭和二年の十二月、若い技手三人をつれて登頂を試みたが、暴風雪のため失敗した。

佐藤順一は昭和五年一月、強力梶房吉ひとりをつれて富士山頂に向かった。すでに五十九歳になっていた。途中八合目上で滑落して、手と足に怪我をしたが、梶房吉に助けられて、どうやら富士山頂にたどりつき、そこで冬季観測を始めた。予想していた脚気や凍傷になやまされながらも、予定どおり一カ月間の観測をすませて、二月七日に下山した。この際吹雪にあって道を迷い、翌朝になって、佐藤は両足に凍傷を負って下山した。しかし、佐藤はこの凍傷を外部にはもらさず、

「富士山頂での気象観測は、平地の観測所と全く同じであった。冬季富士登山も、装具さえ十分であったら決して危険なものではない。五十九歳の私でもできたということがなによりの証拠である」

と文部省当局に報告した。明治二十八年野中到以来の富士山頂は危険であるという迷信を打ちくだいたのである。佐藤順一の気象記録を持って、当時の中央気象台長岡田武松、気象台事務官奥山奥忠は大蔵省とかけ合った。昭和六年の冬からは若い技手たちが、越冬観測に従事した。国立富士山観測所の予算が大蔵省に認められたのは、昭和六年十二月の末であった。

昭和七年の夏を待って、富士山頂東賽河原に富士山観測所建設の工事が始まった。十月を待たずに、近代的な測候所ができあがった。見学者がホテルのようだというほど、清潔で明るかった。自家発電装置もあり、無線電信の設備もあった。五人の観測所員が一カ月の交代で、毎月中央気象台から出張して観測に従事した。昭和七年を境として国立の富士山観測所ができあ

がったのである。

昭和十年になって、東賽河原は観測所としての位置が悪いことがわかったので、絶頂の剣峰に移転することに決まった。移転予算も通過した。

昭和十一年一月からは、剣峰で気象観測が行なわれるようになった。思えば、野中夫妻が劇的な気象観測をした明治二十八年以来四十一年目に、とうとう国立の気象観測所が剣峰にできあがったのである。

国立の観測所はできあがったが、この運営はそれほど楽ではなかった。夏はいいとして、冬季の登下山は命がけであった。燃料、米、ミソのような主食は夏の間にかつぎ上げて置くとして、生鮮食料は人の背によって持ち上げねばならなかった。

富士山麓御殿場口の強力組合が全面的に協力した。御殿場の強力衆と富士山観測所とは、野中到以来、切っても切れない親密な間柄になっていた。明治二十八年の十二月野中到を背負いおろした熊吉、野中千代を背負いおろした鶴吉以来の強力魂は、梶房吉、長田輝雄らに伝えられた。昭和七年に国立の観測所ができたころは、この二人が強力衆の上に立っていた。

筆者が昭和七年の夏、頂上観測所で勤務していたころ、鶴吉に会ったことがあった。がっちりした体格の老人だった。野中夫人を背負いおろしたときのことを訊くと、大きな手の平を左右にふって目を細めて笑って、

「えれえ昔のことを聞くじゃあねえか」

といったきりで、ついにそのときのことは話してくれなかった。

梶房吉は小柄な男であったが、ものすごくがっちりした体格の男で、富士山登山競争で頂上往復五時間足らずの記録をしばらくの間、持ちつづけていた男だった。頭髪は縮れていて、目は茶色だった。優秀な強力であり、また案内人であった。東京から出張して来る若い観測員たちに、ピッケルの使い方や、アイゼンの穿き方などを教えた。

長田輝雄もどちらかというと小柄な男であって、力もあった。なかなか利口な男で、駄洒落がじょうずで観測所員に愛されていた。昭和十年ごろには正式な気象台職員として奉職するようになり、輝さん、輝さんと呼ばれ、なかなかの人気者だった。職務熱心な人で、冬季登下山の折りは、観測所員の生命の安全を守るために献身的な努力を惜しまなかった。

御殿場口の八合目から頂上への尾根道に冬季登山ルートを作ろうとして、余暇を利用しては石をよけたり、突風をさけるための待避所を作ったりした。現在は、これに本格的な手が加えられ、長田ルートとして冬季登下山に使用されている。この長田輝雄は昭和三十三年二月二十六日、交代勤務登山中、八合目下で突風にあって滑落して五十九歳の生涯を閉じた。

殉職は長田輝雄だけではなく、昭和七年から現在にいたるまでに気象台職員中から三人の犠牲者を出している。いずれも、冬季登下山中のことであった。

富士山観測所をめぐる強力衆の中で、熊吉、鶴吉につぐ力持ちといえば、小見山正であろう。

彼は富士山観測所に一〇〇キログラムのエンジンボデーを担ぎ上げてから一躍有名になった。力が強いばかりでなく誠実な人柄が所員たちに愛され、炊事係兼強力として交代勤務員とともに富士山観測所になくてはならない人であったが、昭和十七年、白馬岳頂上に方向指示盤用の二〇〇キログラムの石を担ぎ上げるというたいへんな仕事を引受けてしまったのが、命取りになった。見事に石は持ち上げたが、この労苦が彼の強靭な肉体をがたがたにしてしまった。

彼は翌年死んだが、引受けた仕事は生命がけでもやり過すという強力精神は後に残った。現在金時山の頂上小屋を経営しているのは彼の二女である。いままで書いた強力衆はすべて御殿場口（主として玉穂村）の強力衆であるが、吉田の強力衆も夏季の荷揚げにはやって来た。

この中に志村某という大力無双の強力がいた。力士のような体格の男で、飯さえ食べさせればいくらでも荷物を背負った。二升飯ぐらいということばは、この男にぴったりだった。当時富士山観測所の冬の燃料は木炭ストーブにたよっていた。彼は九月から十月の荷揚げ期になるとやって来た。木炭を背負子に五俵、両手に一俵ずつかかえこんで、登って来る様子はちょっとした偉観であった。

富士山観測所の運営は戦中から戦後にかけてが、もっとも苦しい時代であった。とくに戦後の食糧不足の間は、頂上の観測員の食生活は惨憺たるものであった。三、七七六メートルとなると、酸素の量は地上の三分の二しかない。息も切れるし、身体も疲労する。地上で生活するより栄養分を取らねばならないのだが、それができない。買い出しに山を下るわけにも行かなかった。この最も苦しい時代を観測所員は歯をくいしばって耐え抜いた。このころは御殿場に富士山観測所御殿場事務所ができていて、富士山の交代要員はここに集められていた。

昭和二十五年に富士山測候所と名前が変わったが、所員の生活は相変わらず苦しかった。富士山観測所設立当時の十年ほどは、主食は官費でまかなったが、戦後は観測員自体でまかなわねばならなくなった。命を賭けての登下山に対してさえも、危険手当、特別手当の類は出されていないのである。

これらの悪条件の重なる中で、一日の休みもなく富士山観測所（測候所）を今日まで運営して来たのは、所員の心構えもさることながら、所長の藤村郁雄の気象観測精神であろう。藤村郁雄は、昭和六年以来富士山観測所にいた人であった。四十年の長きにわたって富士山と苦労を共にした人である。学識、経験、人格合わせて気象庁一の人物である。第一等の人物であったから、彼はこの最も困難な測候所の所長に張りつけられたのである。

もし彼が他の気象官署に転勤していたら、現在は少なくとも管区気象台長になっていた人である。だが彼は出世栄達を望まず、富士山測候所長のイスに甘んじていた。筆者も気象庁に三十四年間いたが、藤村郁雄ほどの人物には会ったことがない。彼は現在六十歳に間近い年齢だが、富士登山にかけては富士山測候所の職員のだれよりも達者である。彼は間もなく定年に達して富士山を去るだろう。彼だけは定年の掟を無視しても、もうしばらくいてほしい人である。

富士山観測所（測候所）の性格は、昭和七年設立以来三十年間大きな変化は示さなかった。気象観測要目も観測時間もほとんどかわりなく、ただ通信設備、電源設備（戦時中に、頂上観測所に動力線がはいった）が近代化されたぐらいのものであった。

この富士山観測所（測候所）に新しい日がやってきた。昭和三十八年、昭和三十九年にかけ富士山頂剣峰の測候所の南側半分がこわされ、ここに気象レーダー用の高さ十六メートルの観測塔が建設された。出力二、〇〇〇キロワット、探知距離八〇〇キロメートルという超大型気象レーダーが取りつけられたのである。名実ともに世界一を誇る気象レーダーであった。

気象レーダーの設置と同時に、従来の気象観測はすべて電子自動観測機に置きかえられ、富士山頂の気象は自動的に東京気象庁に送られるようになった。所員の仕事は、大気象レーダーやこれらの電子機器の保守運営に当たるように仕事がかわってきたのである。富士山測候所は確かに変わった。レーダー観測室は、自動的に温度が調整されるようになった。前のように観測室でストーブを焚くようなことはなくなった。しかし、所員の居住施設は以前と同じで、零下二十度近い寝室で毛布にくるまって寝るという生活も前々どおりであるし、仕事の内容が変ったからといっても楽になったわけではなく、むしろ、以前より仕事の量は多くなったのである。

富士山頂に超大型気象レーダーを取りつけるに当たって、気象庁の当局者が、第一に心配したのは神社の思惑であった。富士山八合目以上は浅間神社の所有地であるから、ここにレーダドームなど造ってはいけないといわれたら、予算を返上しなければならない。もともと浅間神社は富士山頂における気象観測に好意を示しつづけてきた。明治二十八年に野中到が剣峰に私設観測所を建てるのも許可したし、昭和七年の東賽河原に気象観測所を建て、さらに昭和十年、剣峰に移転するに際しても快く承知した。だが、これは戦前であり、戦後の神社は経営に苦しんでいるはずであった。

某所某山に気象レーダーを取りつける際は、その土地の所有者の某神社の氏子代表某氏が、肝をつぶすほどの多額の金を要求してきたことがあった。あるいは浅間神社でもという杞憂がないことはなかった。だが、浅間神社はりっぱだった。

「富士山頂に大気象レーダーができることによって台風の襲来を予知し、人の生命財産を救うことは、すなわち祭神・木花開耶姫の慈愛の御心を具象することである。神社としても大いに協力したい」

浅間神社宮司はこういって気象庁当局者を激励した。金を要求するどころか、協力費としていくらか出してもよさそうな顔であった。神社の積極的協力は工事進行に幸いした。気象レーダーの工事は困難をきわめたが、この仕事に関係するすべての人々は、富士山頂におれたちが世界一の気象レーダーを造るのだという使命観に燃えて働いた。工事期間二年間と言っても、富士山頂での屋外の実働日数は二夏を通じてせいぜい八十日足らずであったが、奇跡的とも思われるほどの順調さで工事は進行し、予定どおりに昭和三十九年秋に完成した。

四十三年冬、富士山測候所は、アメリカから約七百万円で雪上トラクターを買い入れた。前年十二月中旬の試運転では六合五勺まで登ったそうである。うまくいくと、八合までは登れるだろう。富士山頂はずっと身近に追ってきたのである。

（『ふるさと山河』一九六八年・中日新聞東京本社・東京新聞出版局）

芙蓉の人のような女《ひと》

明治を代表する女性像・千代子

私は最近『芙蓉の人』という小説を書いた。明治二十八年の冬、夫の野中到を助けて、富士山頂の私立野中気象観測所に立てこもった野中千代子夫人をモデルにした小説である。まだこの本を読んだことのない人のために、小説のあらましを述べると、こうである。

野中到（当時二十八歳）は富士山頂に気象観測所を設けて気象観測をやろうと考え、その準備に熱中する。当然そういうことは国がやるべきだが、国としてそのような冒険はやりそうもないから、まず個人の力によって気象観測ができるかどうかを確かめよう。できると分ったら、国もこの仕事に乗り出すだろうと野中到は考えたのである。彼の父の野中勝良もこれに賛成し、私財をなげうって、富士山頂の剣ガ峰に小さな観測所を建てた。完成したのが明治二十八年の夏の終りであった。千代子夫人（当時二十三歳）はようやく片言を話すようになったばかりの園子を連れて、富士山麓の御殿場の野中到の建築事務所にやって来て、事務的な仕事を手伝っていた。冬の間の燃料や食糧の買い込み、頂上へ荷上げの手配など一切が千代子の仕事であった。千代子はこの仕事をやっている間に、ひそかに、彼女自身の食糧も頂上へ運び上げた。

彼女は夫の反対をおし切っても頂上に登り、夫の手助けするつもりだった。

やがて、秋になると野中到は富士山へ登り、千代子は東京の婚家へ帰ると云って御殿場を離れた。しかし彼女は東京へは行かず一路博多へおもむき、生家へ園子をあずけて、御殿場へ引き返すとその足で富士山頂へ登り、夫の仕事に協力したのである。間もなく厳寒がやって来る。夫婦はそろって高山病になるが、二人は互いに助け合いながら気象観測を続ける。最初は千代子が倒れ、千代子が恢復すると、今度は到が倒れた。到は重体だった。たまたま見舞いに来た地元の人たちが、これを関係方面に告げ、救助隊が組織されて、歩くこともできないような状態の野中夫妻は御殿場に背負いおろされたのである。これはまことに劇的な事件であって、当時の日本人の感動を呼んだものである。

私はこの事件そのものを小説として書き上げることよりも、明治の女性の代表たる千代子を通して一つの女性像を書きたかったから、筆を取ったのである。

私は、気象庁にいたころ、野中到氏と会ったことがある。昭和八年には富士山頂を訪れた野中到氏と十日間ほど同じ観測所で暮らしたことがあったが、千代子夫人は既に故人となっておられて会うことはできなかった。野中千代子を知るためには彼女が残した芙蓉日記を研究するしかなかった。幸いこの本の写本が一冊野中家にあったので、これを借用して写本の写本をこしらえて、何度か読んでいるうちに、千代子夫人のおもかげが髣髴《ほうふつ》として来た。

千代子夫人の写真はあるが、その写真を見ただけでは、千代子夫人そのものを感ずることはできなかったが、一度彼女の文章を読むと、彼女の人となりや、彼女の情熱や、なによりも、自分自身に負けない強さが感じられた。

彼女は、夫の到が命がけの仕事をするというのに、なぜ、妻として黙って見ていられようか、夫が苦労するならば妻も苦労すべきである、夫が死を選ぶなら、自分もまた死を選ぼうという考えで冬の富士山へ登って行ったのである。現在でも冬の富士山へ登ることは非常に危険である。登山技術や装具がない八十年も昔のことだから、富士山頂にこもるなどということは死と同居するようなものであった。それにもかかわらず、彼女は、それを敢てしたのである。そこに、明治女性の火のような情熱が窺えるのである。

封建時代から未だ完全に覚め切れない明治の女性の中には女は男の従属物であるというような考え方をしていた者が多かった。その中にあって、千代子は自分というものを正しく評価し、そして、正しいと思うことに向って何等迷うことなく立ち向って行ったのである。誰でもできるというものではなかった。

強く気高かった生前の祖母

私は、此処でひとまず、野中千代子から離れて明治の女性一般について筆を進めて見たいと思う。私は明治四十五年の生れであるから、私の母も祖母も当然明治の女である。私は兄弟が多かったので、幼少のころ祖父母の手元で育てられた。云わば、祖父母のペット的な存在であったが、祖父母は私を決して過保護の状態には置かなかった。祖母はやさしいおばあさまであると同時に、とてもこわいおばあさまであった。悪いことをすると徹底的に叱られた。口だけではなく、体罰を受けた。これが私自分の将来にたいへん役立った。

幼いころの私には祖母の行いはすべて強烈な感覚として残った。当時私の祖父は上諏訪町(諏訪市)の町長であった。選挙によってなった町長ではなく、官選町長だった。丁度そのころは、異常に米価が高騰して、各地に米騒動が起きていた。

祖母は祖父の身を心配して、夜は眠らずに起きていた。もし町に米騒動が起れば、暴徒はまず町長宅を襲い、次に米屋を襲うだろうと噂をされていたからであった。私の家には拳銃があった。幕末のころ曾祖父が持っていたものでそのまま祖父に引き継がれていた。貧乏士族であったが、拳銃の他に槍や刀などが蔵の中にしまってあった。祖父は拳銃を持って来て、夜寝るときは枕元に置いた。暴徒が来たら、驚かすためだった。しかし、祖父は一度寝こんでしまうと、朝まで起きないから、その拳銃は、祖母の膝の上に置かれた。

私が夜中にふと眼を覚すと、祖母が膝の上に拳銃を置いて、正座していた。そのときの祖母のきりっと引きしまった顔をいまでもはっきりと覚えている。当時祖母は五十五、六歳だったが、年寄り臭いところはどこにもなかった。祖母の立居ふるまいは若い女のようにきびきびしていて年齢を感じさせなかった。

この拳銃は太平洋戦争が始まると同時に軍に献納したが、重さ五キロほどもあるドイツ製の拳銃で、射撃するときには、左手に銃身を載せ、右手で引金を引くという代物だった。たしか十二連発だったと思う。

祖母がこの拳銃の使い方を知っていたかどうかは、わからないけれど、いざとなったら、それで祖父の身を護ろうとして、夜も眠らずに坐りこんでいる姿はまことにすさまじいものがあった。結局米騒動は起きなかった。

これは、関東大震災のときに起ったデマと全く同じ性質のものであった。しかし、もし、そのとき暴動が起き、暴徒が侵入して来たとしたら、祖母はおそらく、その拳銃の引金を引いたのではないかと思う。

祖父は貧乏士族だったが、祖母は名主の娘として育てられていた。どことなく気品があり、毅然としたところがあった。

間もなく祖父が町長をやめたので、私は生家に帰り、兄弟、父母、祖父母と大家族で暮すようになった。私のもっとも楽しいころであった。近所の婆さんが、祖母のところへよく茶飲み話をしに来た。聞くとはなしに聞いていると、多くは、その家の嫁の悪口であった。嫁の悪口や、はては嫁の味方をする息子の悪口を一時間も二時間もして帰るのであった。私の祖母は、もっぱら、そうかえ、そうかえと聞いてやっていた。不思議なことに、私の祖母は、私の母の悪口は一口も云わなかった。大きな家だったし、祖父母は離れの隠居屋にいたから、祖母が私の母の悪口を云おうと思えば云えたのであるが、云わないのである。そうかと云って祖母が私の母をよい嫁だ、理想的な嫁だとは思っていないことはよく分っていた。私の母が祖母にこっぴどく叱られているのを見ることは珍しくなかった。

だから、おしゃべりに来た婆さんの、嫁の悪口に口を合わせようとすれば、幾らでも云うことはある筈だが、それをいっさい口にしないところが祖母がその婆さんと違うところだった。

母に当てた祖母の処世訓

或る日のこと、その婆さんがやって来て、例のとおり、嫁の悪口を一通り云ったあとで、私の母の悪口を云った。すると、それまでにこにこして聞いていた祖母が顔色を変えて云った。

「うちの嫁の悪口を云うようなひとは帰っておくれ、もう二度と来ないでおくれ」

その婆さんは祖母の剣幕に怒れをなしてほうほうのていで逃げて行った。

明治であれ、大正であれ、現代であれ、姑が嫁の悪口を云うのは、ほとんど生理的なものである。おそらく将来もまたこのことは繰り返されるであろう。身の上相談をやっていると、約三分の一は、嫁姑の問題である。

祖母にしては私の母の多くが気に入らなかったに違いない。しかし、それはうちうちの問題である。嫁に悪いところがあれば直してやるのが姑の責任であり、嫁の悪口を云われるのは、その嫁の上に立つ姑の悪口を云われることと同じだと祖母は解していたようであった。

少々、おっちょこちょいだった私はこのことを母に話したら、母は、

「お祖母《ばあ》さんがねえ――」

と感慨深い顔をした。母にしてみてもそういう姑を尊敬する気持になったに違いない。このあたりに、私は明治の女性の強さというか信念のようなものを感じていた。

ずっと後のことであるが、大掃除をしたとき、祖母から母に当てた手紙の束がでて来た。祖父母が台湾総督府の役人をしていた時代に、母に当てた手紙であった。ざっと読んでみると、多くは処世訓のようなことが書いてあった。それも思いつくままにしたためたらしく、あるいは農事のこと、あるいは育児のこと、あるいは、近所との交際のこと、などがしたためてあった。

「子供はあまり叱らない方がいい、叱るより讃《ほ》めてやったほうがよい」

などということも書いてあった。この手紙が発見されたときには、祖母も母も既にこの世にはいなかった。おそらく、母も遠くにいる姑になにかと家の様子を知らせてやったのだろう。嫁と姑のあり方が、その手紙の中から窺い取ることができた。

母も明治の女であったが、祖母とはまるっきり違った明治の女であった。母は豪農の家の次女に生れて父と結婚したのである。

たいへんな働き者であり、嫁として忍従することにいささかも矛盾を感じないように見える女だった。祖父母にも父にも絶対服従だった。ついぞ一度も口答えをしたことはなかった。ただ一度だけ、ひとりごとを云ったのを聞いたことがある。

祖父が、母が焼いた卵焼きがまずいと叱ったときのことであった。母は囲炉裏《いろり》に薪《まき》をくべながら涙ぐんでいた。

「お祖父《じい》さんは、日本中を歩いている。おいしい料理もたくさん食べている。しかし、私はこの家にお嫁に来ただけで、そういうおいしい卵焼きは食べたことがない。おいしい卵焼きというのがどういうものか私は知らない」

そのころ私は小学校三年か四年になっていた。母のその愚痴をふと耳にした私は、これは祖父が悪いから祖父に抗議すべきだと思ったが、直接、祖父に云うのがこわいから、間もなく帰

宅した祖母に、母がお祖父さんに卵焼きがまずいとひどく叱られたということを話した。母のひとりごとは云わなかった

祖母は、その夜、見事に祖父をとっちめた。

「卵焼きがまずいと云うなら、りゑを町の一流料理店に連れて行っておいしい卵焼きを食べさせてやったらどうです。そういう、おいしい卵焼きの味を知らないりゑに無理を云うのはあなたの方が間違っています」

りゑというのは私の母の名であった。祖母は、私の母の胸中をおし計って云ったのである。祖父は、祖母に返す言葉がなくて、だまりこんでいた。

私は祖母が母の心の中までどうして分るのだろうかと思った。

忍従の中にも主張の強さ

父が東京の農商務省に務めることになったのは私が六年生のときだった。父は家族と別居して東京で住んだ。一年ほど経過した或る夜、私の母は、祖父母のいる隠居屋へ出かけて行って「私を東京へやって下さい。お願いします」と手をついて頼んだ。母としても上京することはたいへんなことだった。大きい子供は祖父母に預けるとして、小さな弟妹は連れて行かねばならなかった。

「家のことはこの私が引き受けるから東京へお行きなさい」

祖父がいいともいけないとも云わないうちに祖母が私の母の肩を持った。

「夫婦は一緒に生活するのが当り前だ」

とも云った。祖父は祖母の出しゃばり方をあっけに取られたように眺めていた。結局、母の願いは聞き届けられ、大きな子供たちは祖父母と共に家に残り、幼い子供たちは母と共に上京することになった。

この時、自分の意思をはっきり表明した母もさることながら、その母の肩を持った祖母もまた偉かった。

母のようなおとなしい女性でもいざとなったら云うべきことがちゃんと云えるのだと私は思った。云えば、日ごろうるさい祖母も、味方になってくれるという確信があったのかもしれない。母の強さは忍従するだけではなく主張もあったのだ。それが分ったので私はたいへんうれしかった。

祖母も母も明治の女性としてよさを多く持っていた。私は『芙蓉の人』を書きながら、瞼に浮ぶ、祖母や母の姿を時々見詰めていた。忍従の中に女性としての権利を主張しようとした明治の女性にあこがれを抱いた。私は明治の女性と現代の女性とを強いて比較しようとは思わない。現代の女性にも明治の女性にはなかったよい点がたくさんある。にもかかわらず、私は明治の女性に少なからざる郷愁を感ずるのである。明治の女性は少なくとも教育ママではなかった。自分の子を一流大学へ入れるがための母ではなかった。自分の子を人間らしい人間に育てようとした。明治の女性は夫に献身的だった。野中千代子がそのよい例である。

だがそれは、現代の女性の夫にべったり主義とは違っていた。夫の仕事と精神を理解しての上のべったりであった。封建時代の殻《から》から脱した明治の女性は、まことに強かった。野中千代子が、夫に負けないだけの仕事をやってみせたように、その強さを身を以て証明した女性は何人かいた。すべて、男女が同位でなければならないと叫ぶ現代の女性の中には、時によると観念だけが先行して、実が伴わない女性がいる。男性と女性はその性が違って生れたときから多くの場合、その生き方が違って来る。

明治の女性は、そこをはっきりと心得ていたようである。

（「潮」臨時増刊、一九七一年十二月／『白い花が好きだ』一九七六年・光文社）

富士山の美

どこから見た富士山が一番美しいかということは古来よく話題にのぼることである。江戸時代も末近くになって、北斎が富嶽三十六景を描き、さらに富嶽百景を売り出すと、広重も負けずに、不二三十六景、富士三十六景、富士十二景などを発表した。これらの中にはそれぞれの土地の風物に富士山を配して調和美を誇張しようとしたものが多かったが北斎の富嶽三十六景中には、凱風快晴（俗に赤富士といわれている）のように富士山そのものをずばり描いた世界的な名画もあった。この赤富士の対象位置については、諸説があるが、私は、三ッ峠方面から見た富士山であろうという説を支持したい。

富士山は孤峰であり、日本一高い山であるから、富士山全体を視界の中に取りこんで、その立体感はもとより、頂上から発する幾条かの沢の様相、山麓の森林の美観まで一眼に眺められる場所はそう多くはない。近づきすぎてもいけないし離れ過ぎてもいけない、ある程度離れて、しかも踏み台の上に立って眺めないと、富士山と対面するという感じは得られない。三ッ峠はこの踏み台に相当する山である。

富士山は眺める場所によって、その場所独特の味がある。東南面から見た富士山は宝永山が邪魔してあまりいい格好ではないという人がいるけれど、あの宝永山が単調な富士山にアクセントをつけることになっていいのだという人もある。

富士山がよく見えるのはなんといっても冬である。東京付近ならば、一月二月頃が富士山を鑑賞するのに最適な季節だが、最近はスモッグが多くなったから、奥多摩当りまで行かないと、富士山の真顔に接することはできない。奥多摩の御岳神社からハイキングコースを大岳山の頂上まで歩くとすばらしい富士山が見られる。

私は、元旦に、大岳山の山頂から、傾きかけた日を氷壁に反射している富士山を見たことがあった。冷厳というよりも、むしろ冷酷な美しさであった。

富士山がどのように見えるかは、眺める場所よりも見るときの心の状態による。悲しいときに見る富士山は憂いに満ちて見え、恋をしている若者たちの眼に映る富士山はバラ色に輝いて見えるであろう。三十数年前、富士山頂観測所に務めていたころの私にとって一番美しく見える富士は、一カ月間の勤務を終えて、無事下山したとき見上げる富士山であった。場所は問題ではなかった。今の私は、富士山が見えたというだけで嬉しいのである。

(「毎日新聞」一九七一年一月十七日/『白い花が好きだ』一九七六年・光文社)

公認された記録でないと、記録とは云えないのだが、誰でも一つや二つの公認されない記録を持っていて、なにかと云えばそれを話したがるものである。もっとも話したくない記録だってあって、それを云われると逃げ出す人もある。

私は昭和七年から昭和十二年まで富士山頂観測所に交替勤務員として、年に三度か四度は行っていた。滞頂期間は三十日ないし四十日間だった。独身男ばっかり五人の生活なので、精力を持て余して、暇を見ては頂上附近を歩き廻った。夏は問題ないが、冬になると風速二十メートル以上の強風が連日続いているので、出歩くことは危険を伴い、観測所員としてはむしろ遠慮すべきであったが、若いからじっとしてはおられず、つい風の中にとび出したものである。

昭和十年の三月半ばのことであった。久しぶりによい天気に恵まれたので、私は噴火口の底に降りてみることにした。深さは一五〇メートルほどあって、降りるのは簡単だが登りには息が切れる。噴火口への道は剣ヶ峰への登り口の鞍部から行く以外にはなく、他は絶壁であった。

初登攀

雪がぎっしりつまり、噴火口の周囲の岩壁にはつららが下っていた。金明水《きんめいすい》から噴火口に流れ落ちる水が氷の滝となっていた。私は噴火口の底からこの氷の滝を見上げているうちに、もっと傍へ寄って見たくなった。それには氷の滝のすぐ左側の雪のついている絶壁を登らねばならなかった。私はピッケルを持ち、アイゼンを履いていた。絶壁を登り切ることはできないが、途中までならなんとか登れそうな気がした。そういうところへ登ったことがないので、それがいかに危険なことだかは知らなかった。登り口はそれほど気にはならなかったが、ふと気がつくと、ふと気がついたときにはこれは危険だと感ずるほどの急斜面に来ていた。こんなところで足を滑らせたら生命がない。雪が崩れるおそれもある。引きかえそうと思ったが、そこまで来ると引きかえそうと思っても引き返すことができなくなっていた。垂直に近い壁をアイゼンをたよりにバックすることよりも、そのまま金明水の台地まで攀《よ》じ登ったほうが安全のように思われた。見おろす恐怖よりも、見上げる高度感のほうが私には安全のように思えたのである。こうなったら登る以外にどうしようもないという気持になって、ピッケルでステップを切りながら少しずつ登って行った。雪がしまっていたから崩れ落ちる心配はなさそうだったが、もしもということがあった。私は祈るような気持で一歩一歩を刻んで行った。噴火口の底に近いほうは一日中、日が当らないから雪が固いが、上部には日が当るので雪は次第にやわらかになる。日はすでにかげっていたが、金明水の台地に近づくほど足もとが崩れそうで動けなくなった。私は暮れるのを待った。日が落ちると急に寒くなって雪はしまる。そうなってから登ろうとした。だが、待つことは絶壁を登ることよりつらかった。じっとしていると寒さが身にしみる。同僚が心配して来てくれたが、騒ぐとかえって私の気持を乱すものと思ったのか、大丈夫だからゆっくりやれよと一声掛けただけで姿を消した。この一声が私を救った。私は暗くなるまで掛って、ゆっくり、ゆっくり登った。金明水の台地に立ったときは、命拾いをしたという気持だった。初登攀《とうはん》というには恥しいような小さな記録であった。

（「オール讀物」一九七五年六月／『白い花が好きだ』一九七六年・光文社）

Ⅲ

山を思う

夏山礼讃

夏山礼讃といって本当に礼讃する気持になる山があるだろうか。こんなことを書けば、ひどく叱られるかも知れない。だが、夏山礼讃という題名を朋文堂に与えられて咄嗟に浮んだのがこういう気持だからやむを得ない。

私をこういう気持にさせるのは、所謂《いわゆる》夏山として都会から、わっしょわっしょと押しかけるような夏山が頭に浮んだからであろう。実際、東京から夜行列車に乗る時からして不愉快な限りを尽して、やっと山に取りついても、ほんとにひとりになれるのはなかなかのことである。嬌声、落書き、紙くず……それに夏山には宿引きまでいていやな思いをさせられることがある。何々銀座なんてことばはこう云うところから出たのだろう。

ところで私はこゝでなんとかして夏山を礼讃しなければならない。礼讃するとすればどこかの山を例に挙げねばなるまい。さてと云って、自分の登った山、歩いた渓を此処で紹介したら案内記になってしまう。

心を打たれたような思い出を残した山のことを書けと云われてもすぐ返答できるようなもの

はない。

山を礼讃する気持が起るのはある特定の山を対照としてではなくして、何処かの山での一こま、一こまが積み上げられてでき上った夏の山の雰囲気《アトモスフェアー》——そういったものが、突然なにかの形で頭の中に浮び上ったとき

「夏山はいゝなあ」

という気になるのではなかろうか。

富士山での朝のひととき、八ケ岳での雲海、上高地の夏の夕霧……こういった寸景が大事な印象となって心に残っている。こういう著名な山でなくても、子供の頃、裏山にセミを取りに行ったときの木の匂いなどが、強く私のものとなって残っている。

人によって夫々《それぞれ》の解釈があるだろうが、冬山のよさはその秀麗な美の中に苛酷な変貌を体験するところにあり、夏山のよさは汪溢した生命の中に自らをとかしこむことにあるだろう。夏山といえば木の匂いを思い出すのは、私の山の解釈がこういったところに立っているからであろう。ほんとは理窟なんてどうだっていゝのである。

山を愛するものには夏だって冬だってどちらでもいゝことだし、望むらくは孤独というものをしみじみ味わえるところならどの山でも礼讃に値するところとなるのではなかろうか。

（「山と高原」一九五六年七月）

主は変れど写真変らず

夏山のシーズンが近づくとともに、山の写真をあっちこっちで見掛けるようになった。山に経験の深い人は勿論、そうでない人でも、見たことのあるような写真だなと気がつくような写真が多い。

夏になれば夏、冬になれば冬、と毎年同じ写真を繰返して使っているんじゃないかと、口の悪い人がいうくらい鼻につく写真もある。これは、掲載する側の責任だけではない。人物なら衣裳をかえたり、ポーズを変えたり、場所だってどうにでもなるが、山はいつだって同じところにいて、季節が同じなら、去年でも今年でも、そう大きな変化がない。あったとしても、写真を見る方の側にたてば、変ったと気付くほどのことはない。だからある特定な山の写真というものは類似したものが多くなり、面白味が少なくなるのだ。

実際、山の写真ほどむずかしいものはないと思う。カメラを持って山登りに出かけても、カメラを使うことのできる場所は、そうざらにあるものではない。大体が、使えない場所、使っても面白くない場所の方が多い。いよいよ山へ踏み込むと、周囲が樹木にかこまれていて、視界がせばめられ、暗いばかりでなく、単調な様相がいやというほど長く続く。やっと森林地帯を抜けて、眺望のきくような場所へ出ると、それっとばかりにカメラのシャッターを切る。同じような場所で、同じような構図でねらうかぎり、目新しいものが出来るはずがない。

山の写真のむずかしさは、天候の条件が苛酷でありすぎるからだともいえる。原則として、山の方が平地より天候は悪い。下界は晴れていても、山には雲がかかっている。その中に入れば、四界はみな霧である。

私は山歩きに、カメラを持って行くことをあまり好まない。カメラに気を取られていて、本当の山の気分に浸れる機会を失うことをおそれるからである。これは自分の勝手な解釈で、他人にいわせれば、ろくな写真が撮れないから、嫌気がさしたのだろうという。そっちの方かも知れない。

山登りは何等かの形で、記録を残したがる。文章で残すか、写真で残す。文章でも写真でも残さない人は立木をけずって、落書を残す。この落書きの跡が、何年かたって面白い模様になっていた。これに私はカメラを向けたことがある。失敗した。山の中まで、フラッシュを持って行くほど、カメラに熱心でなかったからである。

（「アサヒカメラ」一九五七年八月）

天気予報をはずした話

戸川幸夫氏から電話があった。金曜日の夜東京を出発して三日ばかりの予定で尾瀬へ出かけるから天気を知らせてくれということだった。午前の十一時頃だったから、その時の天気予報より、午後の予報の方が、もっと確率が高くなるから、十五時頃になって電話をかけようと約束して電話を切った。十四時頃になって予報室に行って天気図を見ながら予報官の説明を聞くと、梅雨の季節にしては天気のいいほうだろうということだったが、ぜったいに大丈夫という天気ではなかった。南方洋上を走る不連続がいつ勢力を得て北進するかも分らないという不安である。もう一時間も待てば、更に手がかりになるデーターが得られるだろうということで、待つことにした。十六時になって再び予報室にいって見ると、補助図はほとんどそろえてあり、綜合判断によると尾瀬附近の向う三日間の天気は晴れ時々驟雨というところ、山にでかけてもいいだろうという結論になった。北半球天気図を見ると高気圧は大陸に播居し、その勢力はオホーツク海にまでおよんでいる、南方洋上にはこれまた相当強い高気圧が発達して、北と南で張り合うようにバランスを取っている。やはり梅雨の季節である。だが、どこをどう見ても、この北の高気圧と南の高気圧のバランスが破れるという予測はない。電子計算機の結果を見てもまず当分はこのまま持続しそうである。ただ、梅雨季であるから、多少の雨、山地では驟雨はまぬがれないものと思われた。

私は十七時になって戸川氏に電話をかけてこのことを告げた。悪くはない雨具を持っていった方がいいだろうといった。電話だから顔は見えないが、どうやら戸川氏のごきげんはたいへん悪いようだった。約束の時間を二時間もおくらせやあがって――おそらく彼はそう思っているに相違ないと思った。いかなる理由にしても時間をおくらせたのはこっちが悪い。おくれるなら遅れると電話をすべきだった。私はつとめて低く出た。気をつけて行って来て下さいなどとお世辞まで云った。

彼が出発したその翌日、つまり土曜日の昼頃から天気はがらりと変った、南太平洋上にひっそりかまえていた高気圧がにわかに勢力をまして、北上を始めたのである。前線はつきあげられ、腹立ちまぎれに、あっちの山脈、こっちの山脈にぶつかって雨を降らせている。その降り方も陽性であり、益々発達のおそれがあった。天気予報は土曜日から日曜にかけて雨と発表された。この予報はぴたりと当った。

私は日曜日に、ときどき外を見て、東京でこのぐらいだから、尾瀬では少くとも一時間降雨量三十ミリメートルは降っているなと思った。新田次郎のやろう嘘をいいやあがってと怒っている戸川氏の顔が見えた。日曜日は文字どおり原稿の書き入れ時だが、このことが気にかかってどうも筆がすすまなかった。

月曜日になって、戸川氏のところに電話をかけた。あの雨だから引かえしたに違いないと思った。天気予報をはずしたお詫びをいうつもりだった。思ったとおり彼は雨のため相当ひどい目にあわされて山から帰えって来ていた。いや君のせいではないよと彼は云ってくれたが、私にはひどい目に合わせて悪かったと思う気持が先でしきりにあやまった。現代の科学では、二日先三日先の天気予報はほんとうのところ確実とは云えない。それに今年は例年になく異常天候の年であり、各地に異変が起っていて、天気予報はむづかしいのだと話したら、その話はたいへん面白いから随筆にまとめて、二日間以内に島源四郎氏あて送ってくれということだった。天気予報をはずしたという引目があるから即坐に引受けざるを得なかった。原稿を書きながら、知人友人に天気予報を聞かれてこういう結果になった実例をいくつか思い出した。いかに努力してもはずれるものははずれる。はずれたら理由なしにこっちが悪いことになる。分の悪いたのまれた仕事である。どうせはずれるならその責任を天気相談所かテレビの天気予報にまかせたほうがいい。原稿を書き終って空を見ると一時霽《は》れた空がまた曇って雨が降り出しそうである、やはり梅雨の季節なのだ。

(「大衆文芸」一九六四年七月)

東海自然歩道の夢

私は山国育ちで歩くことには馴れている。小学生のころから、毎日毎日、往復六キロメートルの山道を通学した。中学（旧制）卒業までの十一年間に歩いた距離をざっと計算すると二万キロメートルぐらいになる。北極から南極までの距離に当たる。

このような勘定は、たいして意味がないようでいて、私自身の形成にはたいへん意味がある。私はこの少年のころの十一年間に歩きながらものを考える習慣を作っていたのである。私が歩いたそのころの道は、今は立派なバス通りになったけれど、当時は、私の村の人しか通らない淋しい道で、時にはだれにも会わないことがあった。

ひとりで歩くときに私は考えごとをした。それからそれからと、いろいろと想像をたくましくしていった。その想像の中で、思わず笑ったり、声を出したりして、はっとしてあたりを見回すようなことがあった。

東京へ出てからも私は歩くことに精出した。当直あけの日など郊外に出て無鉄砲に歩き回ったものである。山へもよく行った。頂上に立ちたいという欲望よりも、歩くことの楽しさからである。足もとを見つめて、なにも考えないで歩いているようで、実はいろいろなことを考えている。東京へ帰って来て見て、それまで越えられないでいた壁をいつの間にか乗り越えているのに気がつくようなことがたびたびある。

三年前に気象庁を辞めて作家生活にはいると歩く時間が少なくなった。これではいけないと、日に五キロメートルは必ず歩くことにしている。自動車の通らない、静かな、なにかしら情緒がありそうなところを選んで歩き回っているうちに、私なりのルートを作った。小説の構想に行きづまったり、疲れたりすると、ぷいと家を出て、そのコースをせっせと歩く。その散歩コースばかりではなく、一年に一度や二度は三千メートル級の山へでかけることにしているし、機会を利用しては古道などを歩くことにしている。

ついこの間、湯河原から小田原まで山道を歩こうとした。湯河原から日金山までは快適な道だったが、地蔵尊の先の展望台に出て、高速道路を走る自動車を見たとたんに歩くのが嫌になってしまった。

こういうことは、野山を歩いていて、しょっちゅう経験することだ。レジャーブームの波に乗って、やたらに自然を破壊して、道を作るのを見ていると、なんともやり切れない気持ちになる。深い山の中へ逃げこまずとも、自動車の排気ガスを嗅がないで一日でも二日でも歩けるようなところはないものかと思っていたところ、今年の正月、厚生省が、東海自然歩道の構想を発表した。非常にうれしかった。

この計画については、最近発行された「国立公園」誌上に詳細な構想が掲載されている。東京都の明治の森（高尾国定公園）を出発して、丹沢大山国定公園、山中湖、本栖湖、秋葉山（静岡県）、阿寺七滝（愛知県）、棚山高原、段戸山原生林、足助の渓谷、笠置山、高尾山、平等院、比叡山、鞍馬、嵐山、そして終点の箕面国定公園の明治の森ということになっている。まことに雄大な計画で、この歩道ができたら、いの一番に歩いて見ようと思った。

だが、少々心配なことがないでもない。全行程九百十キロメートルのうち約五百十キロメートルが既設の歩道を利用するというところである。既設の歩道が歩道だけの歩道ならいいが、平行して車道があるような歩道だとすれば、排気ガスを嗅ぎに行くようなことになる。

「この歩道は単なるハイキングのためにのみ設けられるのではなく、自然を楽しみ、自然を理解し、文化財の意義を認識するということであり……」

というのも、なにかお役所的な意義づけに思われてならない。単なる歩道でなぜいけないのだろうか。

そしてもっともっと気になることは

「歩道本体の整備費と付帯施設のうち、宿泊施設を除く、公共施設の整備費だけでも、大雑把に見て三十億円になる。厚生省国立公園部の全予算がやっと十億円に達したということを考えると、三十億円はやはり巨額である……」

そして、その実施構想の中に

「歩道および付帯公共施設の整備にあたっては、原則として関係都府県がその事業主体となるものとする……」

というあたりを読んでいくと、厚生省が旗を振るから、地方自治体でやりなさいよという下心があるように思われてならない。私の役人生活の経験からすると、地方自治体のふところを当てにするような内容の予算は成立しにくいものである。大蔵省に腹の底を見抜かれるからである。要は厚生省の決意の強度にある。地方自治体のふところなど当てにせず、なにからなにまで、言い出したところが面倒を見るつもりでないと、東海自然歩道も、昭和四十四年の初夢として、春の雪とともに消えてしまうだろう。そうしたくないものである。

(「読売新聞」一九六九年三月二十八日)

乗鞍の自然は泣いている

山の頂上まで自動車道路ができ、ロープウエーができてしまったら、その山は死んだものと考えるべきである。自然の山は死んで、そこに観光用展望山が誕生したと見るべきである。乗鞍岳がそうであり、この山の近くでは、駒ヶ岳（長野県）、北八ヶ岳がそうであり、西穂高岳にも、岐阜県側からロープウエーがつけられるということである。

乗鞍岳はながめても、登っても美しい山であった。独立峰的な容相と動かすべからざる気品を備えた山だった。頂上直下には池があり、雄大な雪渓があり、高山植物の宝庫といわれていた。乗鞍岳に死の影が訪れたのは、戦時中である。軍事目的の自動車道路が頂上近くまでできたことが、この山の運命を決めた。戦後、この道は改修補強されて、大型バスやマイカー族が押しかけるようになると、自然の形の乗鞍岳は消え、ここに観光用展望山乗鞍岳が誕生したのである。

私は昨年の秋、久しぶりでバスで登った。バスで山に登ることにはちょっと抵抗を感じたが、すでに歩いて登る山ではなくなったのだからやむを得なかった。

バス発着場付近の自動車の数には驚いた。ここに集まる観光客やマイカー族を相手の物売屋がその付近に林立し、ここから乗鞍岳頂上目がけて、下駄《げた》ばきやハイヒールの列が延々と続いていた。日本一の高山植物の宝庫といわれたあたりには、花らしいものはめったに見かけないし、あれば、心ない観光客がたちまち摘み取ってしまう。これだけ人がはいるから、いたるところごみだらけ、これも気になった。天文台を訪問したら、自動車の上げる排気ガスやほこりで太陽観測が困難になったという話をしていた。

普通、高いところに登ると、そこになるべくとどまりたい気持ちが起こるものだが、この時ばかりは、はやく逃げて帰りたい気持でいっぱいだった。よく晴れていて、遠くの山々が見えたが、せき立てられるような思いでいるので、見たものが心の中には残らなかった。バス発着場ではひっきりなしに、がなり立てているヒステリックな声と、その付近の喧騒が、私を落着けなくしたのである。バス発着場の近くの便所は足の踏場もないほどの不潔さであった。

自然に恵まれた乗鞍岳が死んだのは、今の時勢ではやむを得なかったかもしれない。だが、新しく誕生した観光用展望山乗鞍岳をなぜ健全に美しく育て上げようとしないのだろうか。尻の始末ひとつできずに放り出されたこの新生観光用展望山乗鞍岳こそいい迷惑である。宣伝文句につられて出かけて行って、みじめな目に合う観光客の心もわびしいだろう。

観光開発と称して道を作り、観光用展望山を作ることはよくよく考えて、やらねばならない。現在の日本の観光事業を見ていると、自然を観光する目的が、自然を破壊する結果になっている場合が多い。自然を保護することが観光の神髄であり、自然なくして観光はない。一度滅びた自然は二度と復元することはできないのである。

(「毎日新聞」一九六九年八月二十四日)

冬山　雪崩が狙う

高い山には中間季はなくて、雪がある間は冬であり、雪のない間が夏と考えたらよい。高い山に登るには七月、八月、九月の三か月が夏で、これ以外の月は冬と見なしてかかるべきである。これは心構えであって、実際には、高山にも春山も秋山もあるが、その期間はきわめて短い。一般的には十二月、一月、二月、三月が厳冬期と見なされているが、年によっては、十一月が既に厳冬期と同じ状態になり、年が明けて、四月になっても雪は消えず厳冬期に近い状態のことがある。

山の遭難はどの季節に多いかということは、遭難者と入山人口の比率で示すか、単に遭難者の数だけで示すかによって違ってくるし、その年の天候によってもまた非常に違ってくるが、一般的には、冬が早くやって来たような年には、大きな遭難が起こる可能性がある。昭和三十四年には例年になく冬の訪れが早かった。十月にはいると、穂高連峰は新雪をいただいていた。そして、この月の十九日に北穂高滝谷で東大山岳部員など八名が死亡するという大惨事が起きた。原因は、表層雪崩であった。新しく降った雪が斜面にそってすべり落ちるという現象である。雪崩による遭難の多くは、この表層雪崩で、時と場合によって発生の様相は違うけれど、新雪がまだよくしまらないうちにその雪面に踏み込んだがために起きた事故であった。十月十九日というと山麓は秋たけなわで、ほとんどの人は、雪崩など念頭には置かないころだが、高い山においては、そのころ既に冬にはいっているのである。この遭難は各紙が取り上げた。ある新聞はアルピニズムのあり方を激しく攻撃した。

続いて、初冬に起きた大遭難は、その翌年昭和三十五年、十一月十九日、富士山吉田口で、冬山訓練中の学生が雪崩にあって十人が死亡し、三十三人が重軽傷を負った事件である。十一月十九日というとちょうど今ごろである。この雪崩も、典型的な表層雪崩であり、前日降った雪が翌日の暖かさでゆるみ、突然すべり出したのである。一口にいうとさけ得られざる冬山の魔力に人間が屈したかに見えたが、実は、新雪の富士山の急斜面にあまりに多くの人が一度にはいりこんで、降ったばかりの、まだ不安定なままでいる雪に刺激を与え、これが大雪崩発生の原因ではないかと考えられるふしが多々あった。これと同じような遭難がほとんど同じ場所で昭和二十九年十一月二十八日に発生し、大学の山岳部三十八人をまきこみ、十五人の生命を奪っている。当時、富士山麓の船津測候所に勤務していた山本三郎技官は、この二回の雪崩の直後に現場に行って調査し、彼の著書「富士山」（山と溪谷社刊）の中で次のように述べている、

「……自然に発生する富士山のなだれは割合正確に予想ができるので、この時をはずして登山すればよい。けれども最近のように、冬期登山がノベツに試みられるようになると、実際に起こるなだれの危険はずっと増加する。自然のままにして置けば、そのまま凍りついたり、吹き飛んだりしてしまう不安定な状態の積雪に、大勢かたまって登山することで、人工的なショックを与え、みずからなだれを起こす可能性が大変多くなった。このようなケースまでの予想はできかねる……」

山本三郎技官はその後も富士山の雪崩について研究を続けていたが、今年の秋口に他界された。彼が指摘しているように、富士山の雪崩は気象学的に予想はできるが、人為的に発生するものはどうにもならないのである。

自然は正直なものである。降った雪に誰も触れず、そのままにして置けば、いつかかたく凍りついて、ちっとやそっとでは雪崩など起きないようになるのだが、雪が降った翌日、非常に多数の人がはいりこんで、雪面を切断すれば、雪はくずれ落ちざるを得なくなるだろう。

冬山の魔力といっても、別に山が魔力を持っているのでもなんでもない。まことに当たり前な自然現象がそこに起こるだけのことであり、その自然現象に抗《さから》うようなことをすれば痛い眼に会うだけのことである。

ではいったい、冬山の魔力とはなんであろうか。それは寒気と風と雪、つまりは悪い方に安定した気象のことである。

高い山では、高気圧におおわれた盛夏が良い方に安定した気象条件下の山であり、雷と台風をさければ、一年中で一番安全な登山季節である。里における春と秋の中間季は山においても気象は不安定であり、天気は変わりやすい。そして冬になり、大陸からの季節風が日本列島の上空を吹走するようになると山は悪い方に安定した気象状態になるのである。悪い方に安定したという妙な表現を使ったが、一口にいうと冬季の高山は連日天気が悪いということである。だから、冬山に行くのはおよしなさいというのではない、困難に対して立ち向かうのが登山家の精神であり、冒険の伴わない登山などは登山のうちにははいらない。十分に冬山を研究し、準備をして出かけるならば冬山だってそう恐ろしいものではない。

富士山吉田口で大雪崩の遭難があってから十年たった。忘れたころに大惨事が起ることは世の常である。またまた前のような大遭難が起きなければいいがと思っている。これは遭難の予告のようでいやだが、富士吉田口には五合目までバス道路ができて、安易に富士山の核心まで近づけるようになったから、いい加減な服装や、冬山なんか一度も登ったことのないような人が、新雪の富士山に一度に多数踏みこんだらなにが起こるか保証はできない。富士山に限らず、自動車道路や、ロープウェーによる不自然な観光開発の終着点には、初冬の惨事の可能性は多分に含まれているといえるのである。

（「読売新聞」一九七〇年十一月十六日夕刊）

還暦の山

私は、二千メートル以上の山に、少なくとも年に二回以上登ることにしている。三千メートル以上の山にしたいのだが、三千メートル以上の山は限られているから、二千メートル以上としたのである。年の始めのうちに計画を立てて、だいたい予定通り実行していた。山に入ってしまうと天気の急変ということもあるし、体調のこともあるので時間的に充分な余裕を持って出掛けることにしていた。山に行ってバテないために、毎日五キロの散歩はかかさずに行なっていた。

山に登るときは私一人ではなく、必ず案内人と共に行くことにしている。プロの案内人と一緒に行けば、こちらの歩調に合わせて行動してくれるし、山のことがくわしいから気が楽である。一時は、いわゆる登山家と名のつく人と山に入ったことがあったが、一度、死ぬほどしごかれてからは、そういう人たちとは行動を共にしないことにしている。

今年は上高地から横尾本谷、涸沢《からさわ》、穂高山荘、奥穂高岳から吊尾根を経て、岳沢《だけさわ》小屋へおりる予定だった。

十月七日の夜は徳沢園泊りで、此処で案内人の中島正行君と落ち合った。徳沢園の付近のダケカンバの黄葉がぼつぼつ始まっていた。

十月八日、徳沢園を出てからはどうも天気が思わしくなく、午後涸沢小屋に着くまでしばしば雨に会った。明日の天気予報は雨。日本列島の南側に長い前線が停滞していた。動きそうもなかった。山間部には大雨予報が出ていた。ひどい日に出会《くわ》したものだと思った。こうなったら登山はあきらめて下山するのがルールだが、折角、来たから様子を見ることにした。

十月九日は朝からかなり激しい雨が降っていたが、せめて穂高山荘まで登ろうと、雨仕度を整えて涸沢小屋を出たのが九時ごろだった。小屋の周囲のナナカマドの実が真赤だった。風雨の中を穂高山荘まで登って来ると、これ以上どうにも動きようがない悪天候となった。十二時だった。降りこめられた登山者で小屋は満員、夜おそくまで合唱の声が聞えた。

十月十日も早朝から大雨、天気回復の見込みがないから下山と決めた。

十二時過ぎに横尾本谷の川原までおりて来て昼食を使っていると雲が切れて日が出た。久しぶりに美しい青空を見た。ゆっくり休んで立上ったとたんによろめいた。へんだなと思ったが、その時はまだ自分の体調がおかしくなっていることには気がつかなかった。横尾本谷を出て、針葉樹林にふみこんでから、しきりに眠気がした。また雨になった。前夜眠れなかったせいだろうと思っていたが、その眠さとだるさが加速度的にたかまって行って、横尾山荘に着いたら軽い目眩《めまい》がした。とにかくちょっと休ませて貰おうと、新館の奥の部屋に入って、横になると、たちまち悪寒を覚え発熱した。体温計を借りて計ってみると九度四分あった。同行の中島君が心配して、上高地の木村小屋に電話を掛けてくれた。木村小屋の自動車が途中まで迎えに来るから、横尾山荘の営業用の自動車で降りて来るようにとのことであった。上高地から横尾山荘まで営業用自動車道路が出来たときには、あんなところまで自動車を上げないでもよいのになどと言っていたこの身が、その営業用自動車の厄介になって明神池の上まで来て、そこで上高地の木村小屋から来た自動車と出会った。なんと、その自動車が救急自動車だった。既に夜になっていた。救急自動車の屋根で点滅する黄色い燈火が濃い霧の中に解けこんでいた。生れて始めて私は救急自動車に乗った。あまりカッコのいいものではなかった。救急自動車が木村小屋につくと、そこにタクシーが待っていた。木村さんがストーブの傍で酒を飲んでいた。茶碗にいっぱい酒を注いで出された。呼吸が苦しく、坐っているのもやっとだった。水をやたらに飲んだ。

電話で交渉の結果、病院は松本の藤森病院と決った。

上高地と松本間の道路が完備したから、松本までは意外にはやく着いた。むしろ、松本市内に入ってからのほうが信号待ちで、何回か停止した。

診察の結果入院と決った。体温は三十九度八分あった。大雨注意報の出ている山へ登った天罰だった。風邪をひいたのだろうということだった。二階の病室までは中島君の介添で歩いた。天井の高い八畳間で床の間まであった。寝具は清潔だった。へたな旅館よりここのほうがましだとつい冗談が出るほど私は此処に入ったとたん気が楽になった。

翌日の午後は平熱に下った。尻にやたらと注射を打たれたが、口からは一服の薬も飲まされなかった。熱が下ると食欲が急に出て来た。このときになって、この病院は外科病院であると聞いた。山で怪我をすると、よくこの病院へ運びこまれるのだそうだ。医師は親切だし、看護婦さんは美人揃いで、いたれり尽せりの病院だった。もう少し、この病院にいたかったが、結局二日で退院した。大騒ぎをしたあとの幕切れが恥ずかしかった。

最後までずっと付きっきりでいてくれた中島君が、これに懲《こ》りずにまた山に来て下さいと云った。しかしほんとうのところ、私はかなり懲りた。そしていままであまり気にしていなかった自分の年齢のことを考えた。私は今年の六月に還暦を迎えたのである。

（「小説新潮」一九七三年七月）

Ⅳ 旅と取材

仏桑花

琉球から帰って来ると、子供達が三人とも流感にかかって寝込んでいるのに驚いた。私の家ではいつも子供達が風邪を持ちこんで来て、最後に私がかかると云うことになっているから、やられるかも知れないと思ったが、今度の流感は子供に多く、大人はあまりかからないというのでいささか安心していた。

ところが、帰って来て二週間もたって、そろそろ旅の疲れもなくなった頃になってやられてしまった。熱が高くて、ひどく頭痛のする風邪だった。

寝込んで間もなく私は妙な夢を見た。青白い顔をした一人の兵隊が、手に小銃を持って、なにかしきりに探している情景である。兵隊は背丈けほどもある草の中を這い廻りながら、たえずぶつぶつ云っていた。なにを云っているのか分らないが、草の中から顔をあげた兵隊と眼が合った時、多分この兵隊は鉄かぶとを探しているのじゃあないかなと思った。兵隊は頭になにもかぶっていなかった。

妙な夢をみたものだと、その時は別に気にはとめなかったが、不思議なことに、その後、眠ると必ずこの光景が現われるのにはいささか薄気味悪くなった。

実はこのことに関して思い当ることがあった。私が琉球政府の招待を受けて、沖縄へ飛行機で飛んだのは五月二十四日であった。目的は琉球気象台で気象用のレーダーを設置するから、それについての技術指導であった。講演を三日間、たてつづけにさせられてから、いよいよレーダーを設置する場所の測量を始めた。トランシットだのレベルだのを持ち出して、目ぼしい高地の草の中を歩き廻っていた。琉球の梅雨は日本より一ヵ月早いから、私の行った頃はすでに梅雨の季節で、毎日じめじめした天気であった。草の丈けは丁度膝頭ぐらいで、歩くと、びっしょりぬれた。毒蛇のハブが居るからと云う注意を受けて、長靴を借りて、草の中へ入って行った。

私がレーダーの候補地に選んだ丘は、那覇市の北西の海岸に近い高地であった。地図を見ると、真和志市天久と書いてある。昔、この島から海へ出る船の安泰を祈ったところである。見はらしのいいところに墓地を設けるのは、琉球の古くからの習慣であり、戦前私が行ったころには、ものすごく立派な石の墓があったのだが、今は、戦争で破壊されて、古い墓は数えるぐらいしかない。砲弾は墓をくだき、地形を変えていた。

調査は二日間続けられ、二日目の夕方近くになって、一つの丘がレーダーの敷地として選定された。その丘の頂上からは海も見え、新しい那覇市も、古い那覇市のあとも、そして、首里城址のあとに建てられた白い琉球大学も見える高地であった。

丘の頂上に目じるしの抗を打ち込もうとして、二三人と共に草の中に入って行った時、危うく私は穴の中へ落ち込もうとした。長方形の深い防空壕があった。周囲に草は密生していたが、穴の底は暗く、ふちに青い苔がはりついていた。その壕から三尺と離れていないところに、半分土に埋れている頭蓋骨を見つけたのである。空洞の眼窩は私を見詰めていた。附近を探したが、銃や鉄かぶとのような鉄類はなにもなかった。戦後の鉄の値上りで、その附近はくまなく探されたのだそうだ。

沖縄では、戦死者の遺体が発見されると、すぐ遺骨収容所に移される。この戦死者は十年間、空をにらんだまま、一人で待っていたのであろう。ぎょっとするような事だったが、そういうことは今なお、沖縄ではちょいちょい見受けられる。

青い顔をした兵隊の姿は、熱が下るまでずっと私を悩ました。うとうとすればきっとこの青い顔が現われ、なにか口の中でいいながら、草の中を這い廻っていた。その兵隊が鉄かぶとを探しているんだなとわかっていながらも、一言も口添えしてやれない私自身の腑甲斐なさに、夢から覚めても胸をしめつけられるような思いだった。

私は風邪がなおるとすぐ、沖縄へ手紙を出した。あの頭蓋骨の発見された跡へ花を供えて供養してくれるように依頼したのである。花はその丘から、そう遠くない所に咲いていた仏桑《ぶっそう》花《げ》の赤い花がいいだろうと書き加えておいた。

（「新潮」一九五七年八月／『白い野帳』一九六五年・朝日新聞社）

天竜川を下る

飛行機から天竜川を見おろすと、よどんだような濃い青さが目につく、蜿蜒《えんえん》と蛇行している川筋にところどころに人造湖（ダム）ができ、その水の青さと周囲の景観との間に異様な美をくりひろげている。

かつて天竜川は天くだった竜という名のごとく、源を諏訪湖に発し、全長実に二一〇キロメートルにわたって、胸のすくような奔流を遠州灘にそそいでいたものであったが、現在は大久保発電所から秋葉発電所に至るまでの間に大小六つのダムと発電所ができ、川の流れをさえぎったために往古の姿とは違ったものがそこにでき上がっている。天竜川はその源流の諏訪湖と遠州灘にそそぐ河口との間に落差七三〇メートルを有している。この落差と豊富な水量は実に三五万キロワットという電力を作り出しているのである。ある意味では自然を殺したが、別の意味では自然の富が開発されたのである。

私は諏訪の生まれであり、小供のときから伊那谷にはよく行ったものである。伊那は七谷《ななたに》糸ひくけむりという唄の文句のとおり、伊那は天竜川沿いに発達した細長い村々の続きであるが、土地がせまい割合い、気候に恵まれて農産物は豊かな土地である。天竜川の両岸に続く段丘状の台地に発達した村々はどこか遠くの国へ来たように目を見張らせる。天竜川は伊那市で三峰川と合して大河となるが、この三峰川の上流に、江戸時代御殿女中の絵島が配流の涙にくれた高遠《たかとお》がある。

天竜川といえば、天竜峡、そしてすぐ天竜下りを思い出すほどかつては有名であったが、今は下流にダムができたために、飯田の南の市田《いちだ》から天竜峡つつじ橋までが、観光用天竜下りとして残されているに過ぎない。一時間半の天竜川下りだが、両岸の白い花崗岩とその上の赤松とのコントラストが美しい。現在の観光はバスによるダムからダムへの見物の旅であって、しみじみとした伊那路の旅はもう味わえなくなってしまった。

昔はこの地方は和紙の産地であった。製紙というよりも、紙の加工品が多く、なかでも、飯田水引、文七元結《ぶんしちもとゆい》は有名であった。文七元結の産出は江戸時代には全盛をきわめたそうである。飯田水引はいまでも生産されている。晩秋のころ吊し柿（乾し柿）がぶらぶらさがっている下で老婆が水引を一本一本並べて日にほしている風景は、なかなか情緒のあるものだがそのうちなくなるだろう。

飯田市は堀家によって十代にわたって治められた城下町で、私の小供のころには、赤く塗った京都風の格子戸のある家や、築地塀の士族の家などが残っていたが、昭和二十二年の大火ですべてが失われた。昭和二十八年に、飯田東中学校の生徒たちが平和を祈りながら植えたリンゴの街路樹がいまは美しい実をつけている。これが新しい飯田の象徴である。

天竜川の本流からちょっとそれるけれど、下伊那から遠州に足を踏みこんだところに、水窪《みさくぼ》町がある。ダムと化した天竜川流域に比較すると、ここにはなお、すばらしい天然の美と古い町並が残されている。

白倉《しろくら》川、戸中《とちゅう》川の合流点二瀬《ふたせ》から諸葛《もろくず》までの峡谷は絶品である。奇岩絶壁を背景とする紅葉風景は他の追従を許さぬほど美しい。通称山王峡と呼んでいるところである。いまや天竜川流域二一〇キロの中に残された仙境といえばこの辺であろうか。

天竜川が水量に恵まれているのは赤石山脈を背景とする森林にある。俗に天竜杉、天竜檜は天竜川を絶好な輸送路として往古から盛んに搬出された。現在もなお、原始そのままの美林が南アルプスに残されているが、昔の施政者が造林に着眼して、盛んに植林したことも、現在の美林を作り上げた基礎になっている。周智郡春野町にある秋葉神社の火防《ひぶ》せの祭（十二月十五、十六日）などは、森林保護のために発達した信仰であろう。

これら天竜川流域の森林から搬出された杉や檜は、天竜川の長い峡谷の間を通りぬけて、遠州平野に顔を出したところにある天竜市において処理される。ここは昔から木材の集積地二俣として有名なところで、ここまで来ると、天竜川は川幅も広くなり、流れも緩慢になるから川を流しおろして来た材木の陸上げには便利であったのだろう。ダムができてからは、川を使うわけにはいかないから、もっぱら陸上運送にたよっている。

往古は天竜杉の集積地は、天竜川の河口にあたる掛塚《かけづか》（竜洋町）港であり、ここに集められた材木は、海路を利用して他国へ売られていたのであるが、鉄道（東海道線）ができてから、陸運に都合のよい上流の町に移り、さらに二俣線の開通とともに、現在の天竜市二俣へ移っていったのである。

天竜市は二俣町を中心に付近の町村を合併してできた町であり、天竜川の咽喉をおさえている地勢から、森林資源を対象として発展しつつある新都市である。ただ材木を集めるだけではなく、この材木を選別し、製材し、加工して売出していくところにこの町の特徴がある。

天竜川は営々として上流の土砂をおし出して来て、磐田《いわた》原、三方原《みかたがはら》の両洪積台地を作り上げた。掛川、袋井、磐田などはこの遠州平野にできた古い町である。これらの町は宿場町として発達したばかりでなく、往古から産業都市であった。掛川は葛布《くずふ》（陣羽織、かみしも等に用いられた）の産地であり、袋井、磐田は農産物の生産地であり、集荷地でもあった。

そして浜松は現在、東海地方では名古屋につぐ大工業都市となっている。肥沃な土地と、その土地の上に発達した産業を踏み台として現代にいたり、そして近代産業にとってもっとも大事な水資源に恵まれたことは、これらの天竜川河口都市の繁栄をもたらし、将来への膨脹を約束しているのである。

私は天竜川の美を語らず、あまりにもその現実を書き過ぎたように思う。それはかつての激流天竜川に対する郷愁のなせるわざかも知れない。

一般に大河は平野部にはいると緩慢な流れとなるのだが、河口付近においてもなお流れが急である。各所のダムによってせきとめられた天竜がその束縛から離れた姿は勇壮である。むしろ天竜の真の姿は、河口付近において見ることができるともいえる。青く澄み、白く波立つ流れは河口から太平洋に向かって文字どおり噴出される。大天竜は大海を押し分けんばかりの勢いを持って、海にのし上がり、扇形に広がっていくが、やがて扇形の縁辺が海の色と溶け合うと、そこからはもう海である。だが天竜川は、その河口の海に広げた翠《みどり》いろの扇形の領域だけはけっして海に譲ろうとはしないのである。

（『日本の美　第八巻』一九六七年・国際情報社）

郷愁の沖縄行

沖縄が現在おかれている状態がどうであっても、私の沖縄に対する気持ちは戦争以前と少しも変わってはいない。

私が初めて沖縄に出張したのは昭和十三年で、そのころの沖縄は昔ながらの静かな島であった。どこに行っても花は咲き乱れ、泉はこんこんと湧き、島民の顔つきも平和そのものであった。

昭和十七年に行ったときは戦争中だったので、前とはずいぶん変わっていた。沖縄本島のいたるところに防衛体勢が整えられつつあった。この時すでに沖縄本島は悲運の島としての宿命を負わされていたのであろう。

昭和三十二年、三たび私は沖縄に旅立つことになった。私は、沖縄が戦前のままの姿であるとは思っていなかったが、私の脳裏にきざみこまれている二十年前のイメージをにわかにこわすことはできなかった。

戦前は東京を出て、神戸か鹿児島で船に乗りかえて沖縄に着くまでには少なくとも一週間を要していたが、三度めの訪問はすこぶる迅速だった。羽田で飛行機に乗って二時間後にはもう私は沖縄に着いていた。飛行機が海の上を飛んでいよいよ沖縄本島の上空に達すると、海の色が変わってくる。青い海の色が緑青色に変わってくるのである。空から見た沖縄は全島緑一色であった。高い空から見たところではどこにも戦火のあとは見えなかった。

しかし、一歩地上に足をつけると沖縄は変わっていた。飛行場から那覇市に向かって走る自動車の中で、私は幾度か自分を疑った。どうしても沖縄へ来たという感じはなかった。完全に舗装された道を、日本では考えられないような速度で突走っている自動車、その自動車のすべてはアメリカ製であり、乗っている人もアメリカ人が多かった。

那覇市はなくなっていた。厳密にいうと、戦前の那覇市はあとかたもなく消え去って、そこには全然新しい那覇市ができあがっていた。市街だけではない。地形すら変わっているのである。以前にあった丘陵がなくなっていたり、広々とした田んぼが市街に変わったりしていた。

しかしこれだけで戦争の激しさを窺い知ることはできなかった。ただ、戦争の前と後の変ぼうがいかに大きかったかを物語る証査を与えられたに過ぎなかった。

その翌日、私は戦跡まわりの観光バスに乗った。戦争の激しかった地帯に来ると、いたるところに碑が立っていた。それぞれに名前がつけられていた。戦没部隊や戦没官公署名や学校の名前など、どれを見ても涙の種になるものばかりであった。

米国は沖縄本島の中部に上陸して、日本軍を南部に圧迫していったのである。追われていく者の中には、軍人ばかりではなく、多数の島民もいた。それらの多くの人が戦争の犠牲者となっていたのである。ひめゆりの塔へ行くまでの間に、戦没者のなきがらを収容した納骨堂があった。白骨となって発見される遺体は、すべてここへ収容せられているのである。

ひめゆりの塔の前にも、健児の塔の前にも生花が捧げられていた。バスがとまると花を持った子供が、買ってくれといって寄って来る。その姿さえいじらしく見えた。戦跡めぐりのバスの車掌さんはすばらしい美人で、そして説明がうまかった。丘に立つと一度に五つの慰霊塔が見えるところがあった
真夏の太陽の下に甘藷畑がよく耕されていた。この一円だけで十万近い将兵と沖縄島民が死んでいったのである。海岸寄りに来ると、洞窟がいたるところにある。洞窟があったということが、また沖縄の悲劇を助長したことにもなった。将兵と島民は、この洞窟によって、最期の最期まで戦った。たったひとりの降伏もなかった。飢えて死ぬか、火炎放射器と爆破によってその穴が封じられるまで果敢な抵抗をつづけたのである。

それらの説明を聞いていると、涙があとからあとから流れて、とめどがなかった。戦争がいかに悲惨なものであるかということが身にしみて感じられた。そして、日本本土防衛のために、

もっともつらい立場に立たされた沖縄が、戦後もまた、日本本土と分離されるという苦しみを思うと、いても立ってもおられないような気持ちにさせられた。

しかし、沖縄はどこもかしこも悲劇だけに満ちているというのは過言である。沖縄のいいところはいたるところに保存され、旅情をなぐさめてくれる。

沖縄は花の島である。気候的に温暖だということもあるけれど、沖縄の人たちは本来花を愛する。南国特有の仏桑花が家々の庭に赤い花を咲かせている。戦後誕生した都市は特に見る価値はない。短い日数を有効に使うには郊外を訪れるのがいい。南部は戦火を受けて、かなり、以前とは変わっているが、中部から北部にかけてはほとんど昔ながらのおもかげを残している。

沖縄は台風の銀座通りに当たっている。毎年、一度や二度は台風に見舞われているから、台風に対する心がまえもおのずから違っている。彼らは家の周囲に石を積み上げて、風よけを造っている。二階建てはほとんどなく平家が大部分である。琉球列島の南部に石垣島という島がある。名のとおり、全島のことごとくの家が高い石垣に囲まれている。

沖縄へ行って第一に見なければならないところは戦跡であり、第二に見る必要のあるものは古城である。戦前には首里城があったが、今はその後かたもない。ただ一つ残された古城として中城《なかぐすく》城が沖縄本島の中部にある。この城は今から五百年前、正しくは一四五〇年に築城にかかり、一四五八年に完成したものである。ヨーロッパ中世期の城の建築様式を取り入れた城として注目に値いする城である。現在もなお、アーチ型の城門の一部が残されている。

当時沖縄は、南山、中山、北山と三つに分かれて戦争に明け暮れていた。中山王として尚《しょう》巴志《はし》が立ち、護佐丸という勇将と力を合わせて南山と北山を征服し、ここに沖縄統一がなった。この中城城は護佐丸が建てて、彼の居城となっていたが、奸臣阿麻和利の中傷によって、中山王の軍隊に包囲され、護佐丸は自刃した。

その夜は満月だった。にわかに起こったときの声に、護佐丸は城門に出て見ると、中山王の旗が城を包囲していた。護佐丸は軍使を出して、そのわけを聞き、中山王の疑いが自分にかかっているのを知ると、ひとり城門に大弓を持って立ち上がり、満月に向かって矢を放った。矢はいつまでたっても落ちなかった。見事に月光の中へ吸いこまれていった。護佐丸は最期に彼の弓勢のいまだおとろえていないことを中山王に示したのである。武力はあるが、主家に弓は引かないということを言いたかったに違いない。護佐丸は自刃し、城門は静かに開かれた。

城跡に立つと両側に海が見える。沖縄という島が縄のように細長いことが、この城に立って眺めると手に取るように明きらかである。

沖縄へ行ってどうしても見て来なければならないものは、琉球舞踊である。おそらくこれだけ粋をこらした舞踊が、千年以上の歴史と共に発展し続けてきたのは日本のみならず諸外国でも見られないだろう。いわゆる古典舞踊と名のつくもののほとんどはその影をひそめ、残ったとしても、かなり形の変わったものとなっている現在、沖縄舞踊だけが昔のままに残されているということは、沖縄の大きな誇りである。

沖縄へ行けば、いたるところでこの舞踊は見られる。田舎町の芝居小屋でも、開演に先だって必ずこの舞踊をやる。

沖縄の舞踊は一連の進行道程によっている。まず御前風、特牛節《こていぶし》、上り口説というふうに順序を追っていく。沖縄舞踊で私がもっとも好きなのは、いささか古典になりすぎるかもしれないが、伊野波節である。

紫長巾を頭に巻き、垂髪姿で出て来る女は琉縫薄衣装を着、緋紗の綾の足袋をはき、手に花笠を持ってしずしずと舞台に進み出る。

逢わぬ夜のつらさ与所《ゆす》に思《うみ》なちゃめ
うらめても忍《しぬ》ぶ恋《くい》の慣《な》れや

歌も古代日本語そのままである。情緒は美となって昇華し、美は情緒となって観客を酔わす。

本来沖縄は美人の産地である。鼻が高く眼が澄んで、黒曜石のように黒い瞳にみつめられると、ついふらふらとなって、帰国の飛行機を逸する鼻下長族も観光客の中にいるということだが、十分うなずけることである。

沖縄は民謡の国である。その民謡の多きこと、これもまた世界一であろう。沖縄本島だけで百もあるということである。古来この島の住民がいかに情緒豊かな人たちであったかの証明でもある。二百年ぐらい前にこの島に不世出の女詩人、恩納《おんな》なべが出た。彼女の作った代表的な歌を一つかかげておこう。

おんなたけあかた
さとからうまれしま
もりもおしぬけて
くかたなさ

この古代日本語を現代語に訳すと、恩納岳のかなたの、恋人の故郷を、山を押しのけても、こちらへ移したい、という意味になる。なんというすばらしい情緒のあふれる恋歌だろう。まだまだ沖縄には紹介したいとこがいくらでもあるが、紙面の都合でこれ以上は書けない。とまれ、沖縄へ行く価値の最大なるものは、戦跡に立って、いかに戦争とは悲惨なものかを再認識することと、ここ沖縄に古くから咲き誇っていた、日本の最南端文化の美しさに目を覚ますことであろう。

(「世代」一九六三年十月)

富山湾の蜃気楼

富山湾の蜃気楼《しんきろう》は世界的に有名であって、日本を訪れる外国人の中にはぜひ見たいという人もあるが、いつでも見られるというものではないので観光の対象としてはなかなかむずかしいだろう。私も、この蜃気楼を見るため、三回ほど出かけたがついにお目にかかることはできなかった。

富山湾の蜃気楼と言っても、富山湾のどこでも見られるわけではなく、魚津の海岸で見られるのであるから、魚津の蜃気楼と言ったほうがいいかもしれない。四月上旬から六月下旬にかけて、年に六七回現われるが、はっきりと写真に撮れて、これが蜃気楼だと他人に見せられるほどのものは数年に一度しか現われない。

風がなく（全然ないのではなく秒速三メートル以下の北寄りの微風が吹いていて）もの憂いような、いねむりが出そうなような暖い日の午後に現われるのである。こんな日に魚津の海岸に立って、西方の氷見、伏木、四方、水橋の方へ眼をやっていると、それらの町や、松原や、岡や山などの地形が霞んで来て、やがてひょこん、ひょこんと杭状の物が海上に並び立ち、しばらく経つと、板塀やコンクリートの塀のように見えて来る。その塀の高さが水平に見えるのが、この蜃気楼の特徴である。お城に見えたとか、軍艦に見えたとか、竜宮城に見えたなどというのはそれぞれ見る人の主観であり、それだけ現象として曖昧模糊《あいまいもこ》としたところもあるということである。

元来この現象のことを地元では喜見城《きけんじょう》といったもので、俳句に取り入れられた中から主なるものを拾うと、

白ら白らと能登隠しけり喜見城《きけんじょう》　小川　一滴

の句にあるとおり、大体白く横につながって城壁のように見えるものらしい。

喜見城立つと布令《ふれ》ゆく老網司　島崎　白潮

のように、蜃気楼が出たとなると、ふれ歩くほどめずらしいことであり、やがて、

自転車の尻からさけぶ蜃気楼　上野たかし

のような騒ぎになり、

丹前のままで見に出る蜃気楼　大野　三郎

とあるように、町の人も、旅行者も、それ出たぞと海岸に走っていくのであるが、

蜃気楼消えなんとして夕日あり　川原田見洲

蜃気楼消えてさざなみ寄るばかり　新村　文化

このように蜃気楼の消えたあとのものさびしい気持もまた格別であろう。

蜃気楼のことを昔の人は貝やぐらとも言った。

海の中の貝が空に向って気を吐くとこんな現象が起るものと考えていたようである。しかしこの現象を凶兆として考えてはいなかったようである。海市などとも呼んでいたところを見ても、そう恐いことにつながるものではなかったようである。

すばらしい蜃気楼は大雪が降った春先に起るものだと言われている。これは気象学的にも、意味あることで、立山連峰に大雪のあった年には、それだけ多量の雪解け水が庄川、神通川、常願寺川、早月川、片貝川、黒部川の六大河川から富山湾にそそぎこまれ、富山湾の海水の温度を下げる。一方陸地では五月ともなれば気温が上昇して地上附近はあたたかい空気でおおわれるようになり、当然その温暖な空気は富山湾上にも送りこまれることになる。つまり富山湾

上には温暖な空気と寒冷な空気とのつみ重なりができるわけで、そのように密度の違った空気の層を通る光線が屈折現象を起こして、対岸の地物が、浮き上って見えるようになるのである。理窟はこうであるが、なかなか理窟どおりにはいかないようであって、気象学が進歩した現在でも、この蜃気楼を予報することはなかなかむずかしい。しかし全然、望みがないのではない。蜃気楼が起る三十分前にはその光の通る径路、たとえば、氷見と魚津に超短波を送れば必ず異常現象が起こるということが実験によって確かめられているから、そういう方法を用いれば蜃気楼の予知が可能となるし、蜃気楼の持続性もあるのだから、そのうち大都会から蜃気楼観光の飛行機が飛び立つのもあながち夢ではないと思われる。

（「旅」一九六八年四月）

茶の谷の桃源郷・俵峯

武田勢と今川勢

南アルプスはアプローチが長い。つまりふところが深いといわれていたのが、道路開通によってこれほど安易に行けるようになったことはありがたいようではあるが、考え方によっては、それだけ都会のよごれが聖地南アルプスに接近したことでもあった。

自動車は橋のたもとで止まった。油島である。ここから真直ぐに北上すれば梅ケ島温泉であり、橋を渡って奥へ入れば南アルプス登山口の井川村である。

案内者の塩沢君は自動車をおりて道を訊いた。自動車は行きすぎていた。目的地は安倍川沿いにそこから一キロメートルほど南下したところにあった。

彼が私を案内しようというところは俵峯《たわらみね》というところである。その村の入り口の俵沢というところが分からないのである。やっとその道が分かって自動車は茶畑の中に入る。ヘッドライトにうつし出される、丸く頭を刈りこんだ、茶の大株が大入道がうずくまっているような怪奇な影を作っていた。

人家はない。ずっと茶畑で、傾斜はかなり急である。ところどころに石垣がうつし出されている。自動車に乗っていた感じで、三キロほども走ったころ、やっと電灯の光が見えて来た。村の人に道を訊ねようと思うが、なかなか人に会わない。あっちこっち道を迷った末、やっと、われわれの行先の水月院の所在が分った。

水月院は俵峯部落の一番奥に森にかこまれて、ひっそりした寺であった。自動車を山門に止めて石段を登る。夜気が身にしみる。

水月院の住職は先年他界されて、いまは、梵妻《だいこく》さんが寺を守っている。息子さんは静岡の高等学校へ行っている。ここからは通学できないから市内に下宿しているそうである。

梵妻さんといっても少しも梵妻さんらしくない、やさしい婦人で、なにかにつけてそつのない話しぶりや、もてなしをしてくれる。普通のお寺とは違う感じだなと思って、ぐるぐる見廻すとユースホステル水月院山荘と大書した紙が壁に貼ってあった。一泊二〇〇円、朝食一二〇円、夕食一八〇円、スリーピングシーツ一〇〇円……ユースホステルになっているのだなと思って見廻すと、本堂を除いて他の部屋はすべてユースホステルふうに改造してある。便所、洗面所は、すこぶる清潔であった。

梵妻さんの話によると、この寺は約五〇〇年ほど前に越前の武士杉山太郎衛門尉《たろうえもんのじょう》が建てたのだそうである。杉山太郎衛門尉というのはちょっとした豪傑で、この山郷に一族とともに館をかまえ、今川氏に味方して戦った安倍七騎の一人と数えられる人であった。

梵妻さんの話はなかなか面白い。話を聞きながら五万分の一の地図〝清水〟をひろげて見る。地図の中央を安倍川が南北に走っている。その安倍川の中ほどよりやや北によった東側に、地図の上でもはっきり分るように山の中に南西に開ける小盆地がある。そこが俵峯である。まさしくこれは地形的に見た日溜りであって、農耕に適する土地であり、同時に外界を山にかこまれているから、自然の要害の地でもある。戦国時代にここに館をかまえた杉山一族は卓見を持っていたのである。

「そのころから、この村には五十戸ばかりの人家があって、ずっと増えも減りもしないで現在におよんだのだそうです」

「人家五十戸に対してこのお寺がひとつだとするとお寺の経営はあまり楽では……」私は余計のことを口に出した。

「いいえ、いいえ、お寺はここだけではありません。もう一軒玉宝寺というのがございます。この寺は臨済宗《りんざい》ですが、あちら様は曹洞宗《そうとう》でございまして、五十戸の村で、檀家がはっきりと二つに分れております。この寺の檀家は杉山系、つまり今川系でございますが、あちら様は信濃望月系で武田系統でございます」

これには私も驚いた。五百年前から寺が今川系と武田系の二つに分れて、現代までつづいて来たとはまことに珍しい話である。

「すると俵峯という部落は、村人も二派に分れてなにやかやと……」

「いえ、そんなことはございません。先祖は今川系と武田系に分れていましても、村の中では縁組をして両派共に親類つき合いをしていますから、両派が仲が悪いということはございません。ところが……」

と梵妻さんは言葉を切った。虫の鳴き声がはげしい。虫の声にまじって、庭の懸樋の水の落ちる音が聞えていた。

「戦後、玉宝寺さんの住職がいなくなったので、こんな小さい村に寺が二つあるのは何かと不便だから、一つにしようという話がございましたが、先祖をまつってあるお寺のこととなると意見が合いませんので、未だにやはりお寺は二つということになっております。だから玉宝寺さんの檀家さんにご不幸がありますと、同じ宗派のよその寺からお坊さんをたのんで来ているようでございます」

まだまだこの村には、昔ながらタブーがあったり伝説があったり、なかなか興味深いところですが、私はこの村の生まれではないから、くわしいことは村の古老に聞いて下さいということであった。

夜半、驟雨があった。明方近くになって雨が止むと、気温が急にさがった。寝床にもぐりこんで、いい気持で眠っていると、本堂で木魚の音とともに念仏の声が聞えて来た。梵妻さんの朝のおつとめであった。時計を見ると六時である。

私はこの五日間の山旅の間中、ろくろく眠っていなかった。寒い山小屋に、寝袋でごろ寝では安眠できる筈がない。やっと畳の上の蒲団の中で眠れたと思ったら、この起床念仏である。隣りに寝ていた塩沢君も眼を覚したようであった。起床念仏は三十分ほどつづいて終った。私は完全に眼が覚めた。起きて仕度をして外へ出る。雨はすっかり上っていた。

チロル風の茶畑

カメラをさげて石段をおりて、村の中へ出る。一面茶畑である。茶畑の中の道を見晴らしのいい台地に向かって登っていくにつれて視界はまぶしく拡がっていく。南西に向かって延びている、この谷は一面茶畑であり、茶畑の中に点々と蕎麦の白い花が咲いている。遠くの山々の嶺だけが雲海の上に頭を出している。雨あがりの霧が、山峡を這い登っていく。海抜五〇〇メートルに近いこの村の地形が作り出した朝の風景であった。

すばらしい茶の谷である。敷きつめたような茶の緑におおわれた谷の中に立っていると、チロルのアルム（牧草畑）の中に立っているような気持になった。チロルやスイスのアルムも、この茶畑もきちんと手入れがしてあることと、その緑のひろがりがどこまでもつづくことにおいて、きわめて相似している。ただチロルやスイスのアルムとこの茶畑の違うところは、茶畑にはこまかな起伏があり、それが谷全体としては大きなうねりとなって続いている点であった。

茶畑の中から出て、村へ入る。見えないほど遠くの山の斜面の茶畑へ自家用のケーブルで肥料を運搬している農家があった。

そこで働いている若い男に質問した。

「ずい分広い茶畑ですが、この辺一戸当りどのくらい茶畑を持っているのですか」

「さあ知らねえね、とにかく昔からあるもんだでね」

「お茶の栽培はいつ頃からはじめたのですか」

「さあ分らねえね、としよりにでも聞いてくれ」

万事この調子で、なにを聞いても答えてくれない。どうも警戒しているふうだったから、こちらの身分を明らかにすると、

「税務署の人ぢゃあ、なかったのけえ」

と言った。

村を歩きまわって会う人ごと話しかけたが、やはり、他所者《よそもの》の私に対しては口が固く、ほとんど取材することはできなかった。が、私は眼で多くの物を見た。茶畑の間に点々と散在している古い石の墓標や石地蔵、それから、最近建てたばかりの製茶工場。寺はなるほど二寺あり、それもほとんど並んでいた。村のはずれに鎮守様の森もあった。

樹齢三百年ほどと思われる老杉にかこまれた小さな社《やしろ》があった。村の人の口は固いけれども、私のような登山服を着た者が歩いているのを見ても、別に好奇な眼を向けたり、へんな眼で見たりしないのは、外来者に馴れているのであろう。水月院の裏手はキャンプ地になっているし、この部落から真富士山（一三四五メートル）、文珠岳（一〇四一メートル）への登山ルートがあるから、シーズンにはかなりの人が入って来るに違いない。

正月餅のたたり

私は朝の取材散歩をすませて水月院にかえって食事をしてから水月院の梵妻さんに紹介して貰って、この村で一番もの知りである望月孝平さんのところに行くことにした。口の固い村の人と話すにはこうするよりしようがなかったのである。

望月孝平さんはこの地方のことをよく調べているから材料は豊富であった。この村のすぐ上にあるこまひき峠と、ひきおとし峠という地名について聞いてみると、昔は甲州の身延《みのぶ》方面から黒川部落を通り、この峠を越えて馬が売られて来たのだそうだ。こまひき峠はそのころできた名称であった。ひきおとし峠は、杉山太郎衛門尉が彼の領地俵峯におしかけた敵と戦ったところである。敵の来襲に際して杉山太郎衛門尉は一旦は峠まで引きさがり、ここから、矢を射かけて、さかおとしに攻めかけて、敵をうち破ったので、ひきおとし峠という名が出たのだそうだ。もともとはさかおとし峠だったのかもしれない。

「この村では正月の餅をつかないそうですが、なにかいわれがあるのですか」

と今朝の村歩きのとき聞いた話を出すと、

「それはずっと昔、この村の豪士が戦いに出るとき、おれが死んだら餅を搗《つ》くなといい残して戦《いくさ》に出て死んだときからはじまった風習で、大正のころになって、そんなことは迷信だといって正月に餅をついた家があったが、その家にその夏、腸チフスが出たので、やはり昔の人のいうことは聞くものだということになり、今でも、この村では正月に餅はつきません。しかし、餅を貰うことはさしつかえがないので、貰い餅で楽しい正月をやっています」

ということであった。

まだまだ、こういった面白い話はこの村にいくつかあるのだが、この日の予定にさしさわるので、うしろ髪をひかれる思いで望月さんの家を出ることにした。昔のことばかり聞いていて、名産のお茶の話を聞き洩らしたので、そのことにふれると、

「私の子供のころは、お茶の栽培は少く、麦、粟、蕎麦などの雑穀のほか、木材、木炭、それに、ミツマタを作って、手漉《すき》の紙を作っていましたが、最近は、ほとんどの家が茶だけに生産目標を置き、ほかには、自家用の蕎麦をちょっぴり作っているだけです」

この地は上等の茶が取れるのだそうだ。一戸あたり、どのくらいお茶が取れて、そのお茶は一キロどのくらいですかと聞いたら、それについてこまかい数値を教えてくれたが、私が静岡へついたころ旅館へ電話があって、茶の生産高と売り値については書いてくれるなということであった。税務署に対する考慮であろう。

竜爪山へのぼさの道

俵峯は見るからに、裕福そうな村である。バスは入っていないが、バスの必要はない。ほとんどの家が自動車を持っていて、自動車のない家はお寺さんだけだというのを見ても村のふところ具合が分るような気がする。税務署が眼をつけるのも無理はないだろう。

この村がお茶の谷として恵まれていることが、或る意味では、この村の古きよきものをそのまま、失わずに残しているのかも知れない。他の農村に比較して若い人が多いし活気にあふれている。キャンプ地ができ、登山路ができて、若い人たちが入って来ても、そっちの方へいっこう眼を向けずに、家業だけにせいを出している様子を見ると、うれしかった。

私は寺へ帰って、待っていた塩沢君に言った。

「いいところを紹介してくれてありがとう。この村は秘境ではない。しかし、この村は茶畑のみどりと蕎麦畑の白さに恵まれた、未だ知られざる美しい村であることにまちがいはない。できることなら、この村に観光バスが入らない方がいいですね」

塩沢君と話していると、山門の方で自動車の停まる音がして、黒い顔の男が石段を登って来るのが見えた。今日の山行の案内役を務めてくれることになっていた静岡県山岳連盟の理事長の渡辺研造さんであった。

私はお寺の梵妻さんに別れを告げて、渡辺さんとふたりで裏山に入っていった。

このコースは、俵峯からこまひき峠を経て竜爪山《りゅうそうざん》に登り、そこから平山まで約十キロメートルの道であった。今日の予定は竜爪山（一〇四一メートル）往復であった。

俵峯部落の裏から茶畑を通って、森林の中の急な登り道に入っていくと、時々森が切り開かれて明るくなり、南斜面に、見事な茶畑がある。そのあり方が、チロルの森の中を歩いていて、突然森の中に現われる牧草地《アルム》を見るのとまったく同じだった。そう云えば、針葉樹が多いところまで似ているように思われた。

そろそろ峠かと思われるところまで来て、ひょいっと下を見ると、思いもかけないようなひろびろとした茶園があった。人の姿はないけれど、しっかりした小屋もある。小屋の配置が、牧草地《アルム》の中にある乾草小屋と同じに見えた。なにもこんなところで、スイスやチロルの話を出さないでもいいのだが、私の心の中には、絵葉書や車窓から見たのではなく、この足で歩いて見た美しい景観の代名詞の一つとして、スイスやチロルのアルムの風景が残っており、それが、この茶畑になんの抵抗もなく結びついたのだから、ついそのまま書く気になったのである。

森林の中にこつぜんと現われたその茶畑はなんともいわれぬおもむきを持っていた。ひとつひとつの株を丸く刈りこんだ、その愛らしい姿をした茶の木の連続はよく手入れのとどいた庭園を見るように美しかった。茶の葉が朝の光を受けてきらきらと輝いていた。ここからはもう俵峯は見えないが、安倍川と、安倍川を中心としてのひろがりが煙霧の中にかすんでいた。

急坂を登り切ると平になり、そこにこまひき峠の指導標があった。東を見ると深い谷になっている。いまは廃道となっているが、往時は、甲州から駒をつれて興津《おきつ》川の黒川口からこの峠をさして登って来たのであろう。

この峠から竜爪山穂積神社の鳥居までは捲き道になっている。地図で見るとそうだし、リーダーの渡辺さんも、

「なあに三十分もあれば大丈夫です」

というから、そのつもりで歩き出した。とたんにリーダーの渡辺さんの姿がぼさにかくれて見えなくなった。道は一本道で迷う心配はないが、先に行かれてしまっては心細いから、一生

懸命に後を追うと、彼はいよいよ先をいそぐ。やぶの中をくぐり抜けることがすこぶるうまい。とてもかなわないとあきらめて、ゆっくり歩き出すと、ちゃんと待っていてくれる。ところがこっちが、少しでもピッチを上げようものなら、たちまち私を引きはなして、とんでもない遠くのぼさの中から、ひょこんと顔を出しておおいと声を掛けてくるのである。こういうカモシカみたような人とはつきあいができぬから、私は、秋の奥安倍の山を楽しみながら、ゆっくりゆっくりやぶをくぐり抜けていった。この辺いったいは最近伐採したらしく木がない。従ってたいへんなぼさである。ススキ、バラなどが、道が見えないほど生い茂っている。道はしっかりしているが、とにかく背丈以上のぼさには閉口した。

「奥安倍のぼさはひどい」

と東京の登山家たちのいうのは、こういう場所を言っているのであろう。光量と雨量に恵まれているからであろう。ぼさを分けながら、起伏の多い道を通って、鳥居の下に出て時計を見るとちょうど十二時だった。俵峯から二時間かかったわけである。

見わたすと、樹齢七、八百年と思われるほどの老杉にかこまれて、運動場ほどの広場がそこにあった。大昔に大伽藍《がらん》か宿坊であったのかもしれない。望月さんが言っていたとおり、竜爪山穂積神社の歴史は鎌倉時代以前に始まっていたのであろう。

斜陽神社の哀愁

広場で一服しながら前を見ると竜爪山がそそり立つように見える。渡辺さんに聞くと、ここから頂上まで三十分だというが、私の足では三十分ではいけそうにないように思われた。

それでもせっかくここまで来たのだから東海道線の車窓からよく見える竜爪山の頂上までは行かないといけないだろうと登っていくと、左側に神社があった。竜爪山穂積神社である。こういう場合は当然敬意を表すべきであるから神社の境内に入っていって驚いた。

赤塗りの屋根はまだまだしっかりしているのに、社殿の床板は剝がされ、板壁は取りこわされ、社殿の屋根の下に焚火の跡がある。多勢の人が長い年月かかって打ちこわしたのであろう。望月さんの話によると、戦争中は、武運長久を祈るために出征兵士を先頭にして、多勢の人がお参りに来たのだそうだ。神官もいたというのに、この有様はどうしたことだろう。あれほど神仏加護を期待していたのに、敗戦となったから、ええい、神も仏もあるものかという戦後のすさんだ気持がこういうことをしでかしたのであろう。だが、これはちとひどすぎる。この廃墟の跡に立っていたら急に、なにやら、いやあな気持になった。すぐそこに竜爪山の頂上が見えるのに登る気もなくなって、

「もう山をおりて静岡へ帰る」

と私は渡辺さんにいった。

今日の予定は、竜爪山から尾根伝いにこまひき峠へ出て、今朝登った道を俵峯部落へおりることになっていたが、ここで私は急に、ひとりで平山部落へおりるといい出したのである。

鳥居から平山までの道は、小型自動車でも通れそうな立派な道があるので迷う心配はない。

「私は俵峯に自動車がおいてあるから、俵峯にかえります。じゃあ静岡で夕刻逢いましょう」

と渡辺さんは、身をおどらせるようにしてぼさの中へ姿をかくしてしまった。

私はひとりになった。平山までの下り道は一時間ほどあれば充分ということであったが、下りに弱い私のことだから、一時間のところを一時間半かけて歩くつもりで、ゆっくりおりた。

紅葉には少々はやいけれど、ヌルデ、ウルシなどは既に秋の盛りを迎えていた。広い道だから、ぼさの心配はないし、それに下山路にそうように、この沢にも茶畑があった。茶畑があると立止っては、こんな山のてっぺんにまでお茶が出来るのかと不思議に思いながら、時には、茶畑の中に立って見たりしながら山をおりて行った。誰にも会わなかった。時折り、森の中から下草でも刈っているらしい人の声はするけれども人には出会わなかった。静かな山である。

地図を見ると私は真南に向かって沢をおりているのである、このままおりていくと平山部落につく。平山はもう静岡市の一角なのである。茶の谷の俵峯から山を越えて再び茶の谷に入ったのである。どうやら私の歩いているところは長尾沢というところらしい。

急な下り坂に来たところで足を滑らせた。ころんだわけでもないが、それから、左足の筋《すじ》がつっていそげなくなった。高い山からおりるときには、よくこのような目に会うから、私は、下山はよほど気をつけていた。南アルプスからおりるときにはこの筋の痛みが出ずに、この山へ来て出たということは、やはり旅のつかれが出たのかもしれない。足のことを気にせず、茶畑と森林とのコントラストを楽しみながら、同じように茶畑と森との組合せでありながら、なぜ俵峯付近は絵画的美観にあれほど恵まれているのだろうかと考えていた。それは多分、俵峯という部落が、地形的な日溜りにできた独立村落であり、そのせまい盆地状の中に、自然美と人工美がたくみに混合されているからだろうと考えられた。

森を抜けて、ずっと麓の方に部落が見えた。まだかなり遠いなと思いながらおりていくとすぐ下に一軒家があった。

竜爪茶屋という看板が掲げられていた。建てたばかりである。食べ物、土産物を売っていた。茶屋の前に、ライトバンが横づけにしてあって、男が縁台に腰かけていた。

「足をやられてしまったので、すみませんが平山まで、ライトバンに乗せていって貰えないでしょうか」

と丁重にたのみこむと、どうせ遊んでいるからと気軽に引き受けてくれた。

私にとってたいへんな幸福であった。

「どうもあの小屋にひとりでいると、淋しくてしょうがない、いい嫁さんがありませんか」

男は私にそう言った。嫁さんを貰うにしては少々年を取りすぎているが、真剣な相談のようだからこっちも真面目になって話を合わせているうちに、自動車は平山についた。お礼だといってお金を出したが、どうしても受取ろうとせず、そのまま帰ってしまった。バスの停留所の前の店屋のおばさんに、その男のことを聞いたら、

「あのひとには、奥さんも子供さんもありますよ」

と笑っていた。彼はただで私を自動車に乗せてくれた代償に、私をかついだのである。

平山はかなり大きな村である。川にかかっている竜爪神橋という橋の名が面白い。そこから山の方を見上げると、天まで届くように茶畑がつづいていた。バスは満員であった。次の停留所から乗りこんで来たお婆さんが大きな声で話しをしていた。

「ことしゃ茶の値がいいだから、しんしょうできるばっかだねえ」

この茶の谷はことしはどうやら好景気に恵まれているらしい。やがてバスは稲穂が重く垂れ下った田園の中に出た。

私は眼をつぶった。しばらくの間、私の頭の中で、蕎麦の花の白さと茶畑のみどりとが溶け合っている俵峯の郷が揺れ動いていた。チロル的日本風景という妙なことばが私の頭に浮び上ったのはそのときであった。


(『秘めたる旅路』一九六八年・日本交通公社)

桜島の顔

日本の火山には、その噴火によって人畜に莫大な被害を与えた歴史を有するものが多い。

宝永年間の富士山の噴火は、北西の季節風に乗った降灰が富士山の南東山麓一帯の農地を埋め尽くし、数万の農民を餓死寸前のところにまで追いこんだ。

また天明三年（一七八三年）の浅間山の大噴火は、降灰のために、広範囲の山林農地を埋めつくしたばかりでなく、空高く上った噴煙は天日をさえぎり、関東から東北にかけての冷害を招いたといわれている。

明治になってからはこれほどの大きな噴火はなかったが、大正三年一月十二日に大噴火を起こした桜島は、その噴火が突然であり、被害が甚大だったために有名になり、噴火の恐怖を世人に示した。

私は、桜島の噴火をテーマとした小説を書くために先年桜島を訪れた。

東桜島村の小学校の校庭に当時を記念する碑が建てられていた。

その碑文は現代の地球物理学発展の歴史の上で非常に重大な意味を持つものであると聞いて見に行ったのである。

小学校は青い海を見おろす台地の上にあり、海をへだてた向こうに鹿児島市が見えた。

校庭を横切った土手の上にその碑が立っていた。

桜島爆発記念碑

大正三年一月十二日、桜島ノ爆発ハ安永八年以来ノ大惨禍ニシテ、全島猛火ニ包マレ、火石落下シ、降灰天地ヲ覆ヒ、光景惨憺ヲ極メ、八村落ヲ全滅セシメ、百四十人ノ死傷者ヲ出セリ、其ノ爆発ノ数日前ヨリ、地震頻発シ、岳上ハ多少崩壊ヲ認メラレ、海岸ニハ熱湯湧沸シ、旧噴火口ヨリハ白煙ヲ揚ル等、刻刻容易ナラザル現象ナリシヲ以テ、村長ハ、数回測候所ニ判定ヲ求メシモ、桜島ニハ噴火ナシト答フ。故ニ村長ハ残留ノ住民ニ、狼狽シテ避難スルニ及バズト諭達セシガ、間モナク大爆発シテ測候所ニ信頼セシ、知識階級ノ人却テ災ニ投ジ、漂流中、山下収入役、大山書記ノ如キハ終ニ悲惨ナル殉職ノ最期ヲ遂グルニ至レリ。

本島ノ爆発ハ古来歴史ニ照シ、後日復亦《またまた》、免レザルハ必然ノコトナルベシ。住民ハ理論ニ信頼セズ、異変ヲ認知スル時ハ、未然ニ避難ノ用意、尤モ肝要トシ、平素勤倹、産ヲ治メ、何時変災ニ遭フモ路頭ニ迷ハザル覚悟ナカルベカラズ。
茲ニ碑ヲ建テ以テ記念トス。
大正十三年一月　　東桜島村

碑名はかなり風化して読みにくいところもあったが、一読してこの碑がなにをいおうとしているかがよくわかった。私自身三年前までは気象庁に席を置いていた関係もあるので、非常に興味をもって読んだ。

この小学校の近くに野添ツルさんという七十九歳の老婆がいた。私は彼女にその当時のことを聞いた。

大正三年の噴火は数日前から前兆があった。大地を衝《つ》き上げるような地震がひっきりなしに起こり、大地の鳴動が続き、大噴火があった前日は畑に出ても立ってはおられないほどだった。

夜は家には入れず、外に出たままほとんど眠らずに夜を明かしていた。ツルさんは子供さんがあったから、どこに行くにも子供さんを傍から離さなかった。桜島住民は安永八年（一七七九年）と、寛永十八年（一六四二年）の二度の大噴火の経験を持っており、その噴火の前兆を言い伝えとして聞いていた。

噴火の始まる前には、地下水が湧出する、井戸の水が熱くなる、鳴動がして衝き上げるような地震が続く、ネズミが山から海へ向かっておりて来る、などというものだった。

ツルさんは、どこそこに水が湧いた、温泉が噴き出した、山からネズミが群をなしておりて来たというような話を耳にすると、生きた心持ではおられなかった。彼女の夫は村役場へ出かけて、他村落との連絡に当たっていた。村の郵便局の電話で、鹿児島測候所とひっきりなしに連絡を取り、その情報を近在の集落へ流していた。鹿児島測候所は地震と噴火とは直接関係がない、噴火はないという言明を最後まで崩さなかった。

だが、噴火当日の朝になると、噴火が起きようが起きまいが、島に止まってはおられないような状態になった。連続的に強震がつづき、桜島の頂上近くの岩が崩れ落ちるのが見えた。村民たちは村の首脳部が、大丈夫だから逃げるなといっても、居たたまれない気持になり、島を離れる者もいた。

村民の数に対して舟は少なく、全員を乗せることは困難であった。荷物は置いとけといっても、荷物を持って逃げるのは人情であった。

ツルさんの家からそう遠くない、山の中腹に赤水というところがあった。桜島を海に浮いている山と仮定すれば赤水は五合目あたりに当たっていた。そこから白煙が立ち上った。

「それ、山が火を噴くぞ」

村人は、これ以上躊躇しなかった。安永の大噴火のときも寛永の大噴火のときも頂上から火を噴き出したのではなく、中腹が爆発噴火したのであった。しかも、爆発する前に、白煙が上ったと言い伝えられていた。村人は狂気のようになって舟に逃げた。ツルさんも子供を背負って舟に逃げた。彼女の夫は隣村に連絡に行っていなかった。舟が島を離れてすぐ、彼女は白い煙が黒い竿に変わっていくのを見た。黒い竿はどこまでもどこまでも延びて行った。その日は快晴でおだやかだった。黒い竿は青い空に突きさきさるように真っ直ぐ延びた。竿の根元で火花が散った。気が遠くなるような轟音とともに、黒い竿は黒い柱になり、その柱は青い空を支えるように延びて行き、そして柱の頂上が爆発して、青い空を火の海にした。ツルさんは眼がくらんだ。鼓膜が破れそうな音が続いた。ツルさんはわが子を抱きしめた。黒い円柱はその太さを増し、いたるところで電光が走った。円柱はその行きついたところで黒い噴煙となってひろがった。黒い煙の中で電光がきらめき、火石が飛んだ。やがて真っ赤に焼けた石が周囲に落下して来た。ツルさんはこの世の終わりだと思った。

大噴火はやがて空を覆い、鹿児島市にも灰を降らし、ついに市民が避難をはじめたほどであった。ツルさんの夫は水泳の達人だった。泳いで鹿児島に逃がれたが、途中で力がつきて、海に沈んだ者も何人かいた。鹿児島といっても一月の海は冷たかった。

噴火後、鹿児島測候所長に非難が集中した。東京から調査に来た、ある地球物理学者は鹿児島測候所長を無能だと罵《ののし》った。だが、それは結果論であって、現在の時点で眺めると、当時の貧弱な機械では、火山性地震を掴むことはできないし、当時の学問では、地震と火山爆発をはっきりと結びつける法則はなにひとつとして発見されていなかった。あるとすれば、桜島の住民が言い伝えによって知っている、過去の経験を生かすしかなかった。寛永、安永のときの噴火がこうであったから、今度もこうであろうという経験的な推測しかなかった。それは学問とはいえなかった。

当時、鹿児島測候所には小型地震計が一台あった。その地震計には桜島の火山性地震は感じなくて、たまたま同じころに起こった吉野の地震を感じた。吉野の地震はそれほど強いものではなかった。

火山性地震というのは、その火山の周辺というよりも、その火山自身に起こる地震だった。桜島では大きな地震として感じられたとしても、鹿児島測候所の地震計には感じなかったのである。だから、桜島から入って来る情報もそれほど緊急なものとは思わなかっただろうし、それまでにも桜島には、ちょいちょい小さい地震があったから、またかと思ったのかもしれない。あるいは当時の鹿児島測候所長は、火山の噴火の予報ができない時点においては、噴火するぞというより、むしろ、噴火しないといって、住民に安心感を与えたほうがいいという信念から、ないといい切ったのではないかとも想像される。その当時の貧弱な施設の測候所に火山の予知をしろなどという義務を負わせたことがもともとあやまちのもとであった。世論の袋叩きにあった鹿児島測候所長を、当時の中央気象台予報課長の藤原咲平は次のように弁護している。

現在の火山学、地震学に於て、余は、的確に地震又は噴火の予言を為し得る理由を示したる研究を見ず。地震又は噴火の前兆に対しての研究は多々あれど、こは単なる一私見にして定説には非ず。前震のみにして、噴火を予知せんとすれば、日々いづれかの地に噴火あると公表せざるを得ず。桜島は、かねてしばしば前震あり、その度に、噴火を予報せんか、人その地に安住する能はず。心浮動して、風声鶴唳《かくれい》的損害発生するは、火を見るより明かなり、米国の一劇場内に於て、酔漢の火事よと為せる一言のために、数百人の小児圧死を出せること、吾人の耳に今尚新たなり。もし鹿児島測候所が桜島に爆発ありと予言せんか、島民のことごとく船を奪ひ合ひて如何なる惨事となりたるやも知れず。大爆発の予知をなし得ざりしは、測候所長の罪にあらずして、吾人の地震学、火山学の幼稚に帰すべきものなり。

実際は藤原咲平博士が弁護したとおりであったけれど、怒りの持って行きどころのない桜島の島民や、鹿児島市民は、もっぱら鹿児島測候所長を憎んだ。東桜島村の小学校庭に建てられた碑の意味はこれだけの背景があったのである。

現在の桜島には京都大学の火山観測所があり、島の要所々々に、触角のように火山性地震をキャッチする精密測定機械の網が張りめぐらされ、所員が常駐してその保守研究に当たっている。また鹿児島地方気象台は、京都大学とは別な立場から、やはり、火山観測所を設け、遠隔測定装置を使って火山の観測に当たっている。国家的に見れば二重施設のように見えるけれど、京都大学の観測所は研究に主体を置き、鹿児島地方気象台の観測所は、桜島火山の動向について、公に発表する国家機関の出先としての使命を帯びているのである。この点、大正三年以来、鹿児島地方気象台に与えられている、桜島火山に関する義務づけは少しも変わってはいないのである。では学問的にはどうかというと、大正三年に比較すると、火山の研究は、非常に進み、もし、今、大正三年と同じことが起こったとすれば、おそらく京都大学の火山観測所も鹿児島地方気象台も島民や鹿児島市民に意見を問われるだろうし、それに対して、かなり自信のある答えも出せるであろう。まず人命の損害だけはなくてすむであろう。しかし、火山というものは元来気まぐれものであって、大学の研究所や気象庁の観測所が手ぐすねひいて待っている裏をかいて、いつどかんとやらないとも限らない。そういうことだって考えられるということは、火山学が、まだまだ完全だとはいえないからである。自然はあまりにも大きすぎるといったほうがいいかも知れない。

私は十日間、このあたりを歩き回って、最後に西桜島村長の有村虎太郎氏に会って、大正三年のときと違って、今では、大学の火山観測所もあるし、鹿児島地方気象台の観測所もあるから、気強いでしょうといったところ、

「私はこの村を代表する者として、鹿児島地方気象台の情報も、大学のご意見も大いに参考にしていますが、信用してはいません。結局、自分の身は自分で守らねばなりません。いざというときは、私は独自の見解で村民に避難命令を出すつもりです」

とはっきりいい切ったのは意外というより、むしろ爽快なものを感じた。

大正三年の大噴火の経験を有する有村村長のこの見解は正しい。しばしば噴火を繰り返す、気まぐれ者の桜島には、こういう気持でいないかぎり住むことはできないだろう。私は先祖代々この島に住んで来た有村虎太郎氏の中に、桜島のほんとうの顔を見たような気がした。

（『日本の火山』一九七〇年・毎日新聞社）

トチの実

十和田湖へ行ったのは四年前の九月の終りころだった。紅葉には少々早い感じだったが、既にナナカマドやヤマブドウは紅葉していた。十和田湖畔に立って、島の向う側に沈んで行く夕陽を眺めていたら、突然近くで合唱が起った。風がなくて湖面は油を流したようだった。静かなところでは静かにしていたほうがよいのに、若い人たちはなぜこんなところで歌うのだろうか。島は水面から浮き上っていた。この年は例年になく雨量が少なかったので、十和田湖の水位が下ったのである。島のいただきに生えている松の枝ぶりが見事だった。

私は十和田湖畔の旅館で一夜を過し、その翌日十和田湖西岸にある銀山跡へ行った。明治から大正にかけて盛んに採鉱されたが、現在はほとんど人の姿は見掛けなかった。

私が十和田湖を訪ねたのは観光の目的ではなく取材だった。明治の末頃の十和田湖畔がどうであったかを調べるためだった。古老を訪ねては、そのころの話を聞き、ノートに書き留めた。

そのころ、十和田湖附近に住んでいた人はこの銀山に働く人と宇樽部《うたるべ》附近にいるごく僅かな開拓者の家族だけだった。このあたり一帯はほとんど人間が踏みこんだことのない原生林に覆われていた。そんな話を聞かされても、自動車道路が発達し、ホテルや旅館や民宿が並んでいる現在の状態から昔を想像することはできなかった。

私は十和田湖畔からそう遠くないところにある蔦《つた》温泉へ行くことにした。逃げたと云ったほうがほんとうかもしれない。観光客や観光バスに追いまくられて、ゆっくり自然を観賞している余裕はなかった。蔦温泉は大町桂月がその半生を過したところである。

古さと新しさが同居した温泉宿だった。山を背に森を前にして、二つの湯館があった。新しい方は現代風の構造で特にこれと云った特徴はなかったが、古い方は昔の姿をそのまま残していた。脱衣場と浴室とが向い合っていた。高い天井の浴室で、一度に数十人は楽に入れるぐらいの広さだった。湯槽はすべて木製である。その湯槽の底からたえず音を立てて多量の湯が湧き出していた。私はこの湯槽が好きで、滞在中はずっとこの湯に入っていた。

蔦温泉の裏には大小五つの沼があった。蔦沼めぐりの散歩コースになっていた。この附近の森はブナを主体とする原生林である。つややかに白く輝くブナの幹の影に隠れるようにトチの木があった。丁度実が落ちる時期だったので、私はこの栗色の実でポケットをいっぱいにした。大事に自宅に持ち帰って庭に埋めたが発芽しなかった。東京と十和田との気候の違いか、それとも、拾ってから庭にもどしてやるまでの一週間が長すぎたのかもしれない。

トチは芽は出さなかったが、私の頭の中に播かれた種は翌年発芽した。「八甲田山死の彷徨」である。

（「諸君」一九七四年十一月）

取材旅行

取材旅行となると、出発前からその心がまえが違う。一応は取材先についての予備知識を得るために勉強して置かないとならないし、地図などの用意も必要だ。こういうことをしているうちに取材のための緊張状態におちこんでしまい、妙に神経がいらいらして、家族に当り散らし、時には電話を掛けて来た編集者に突慳貪な口をきいたりするようになるが、いざ列車や、飛行機に乗ってしまうと、なるようにしかならないと開き直った気持になり、やがて落着いてしまう。

取材先に着くと、自分で云うのはおかしいが十歳ぐらいは若返ったような気持になって、あれも見たい、これも調べたいとかけずり廻って同行者を困らせるのが常である。近頃は必ず同行者がいるけれど、つい六、七年前までは取材旅行はすべて一人でやっていた。同行者が居るとかえって煩わしかったのだが、六十歳を越すとなんでもかでも一人でというわけには行かない。特に海外取材旅行の時などは、四十代、五十代のころのように心臓だけで押しまくって歩くこともできなくなった。

取材旅行では多くの人に接する。その相手次第で楽しい旅行に終る場合もあるし、後味の悪い結果に終り、稀には小説にならなかったこともある。

取材目的がなんであろうと、一応は現地のしかるべき御仁に案内をお願いすることになる。案内してくださる方が、その件について非常によく知っている場合は問題ないが、知ったかぶった人を紹介された場合は、途中で取材を投げ出して帰りたくなることがある。なにもかもいい加減で、ろくろく、その史実、事実について知識がなく、ただその地方のボスであるという立場上から案内されたのではたまらない。そういう人に限って、取材は別にして、自慢話をしたがるからやり切れない。こんな時は、歩き廻っているうちに、この地方の史実にくわしい人に当りをつけて置き、後日、こっそり訪れるようなことになる。

親切すぎるのも困る。取材に行くと、これを見ろ、あそこにも行けと、目的以外のところへ連れて行かれて予定が狂ってしまうことが珍しくはない。今回は、これこれかような目的で来たからと、取材の範囲をちゃんと決めてかかっても、やはり折角来たのだからと云われればむげにことわるわけにもゆかない。

個人を訪ねる場合はもっともっと面倒なことがある。取材の対象となる方は多くは老人であるがために、遠い記憶の中から問題点だけを引き出すのはなかなかむずかしい。やっと、その当時のことを話し出したかと思うと、突然話が横道にそれて、こちらが知りたいこととは全く関係のないことを、長々としゃべり出す場合が多い。その話を上手に制止して本道に戻すのがなかなか大変である。かつては立派な学者であり、著書もあり、多くの人に尊敬されていたような人でも、こちらが訊きたいことには答えず、一方的に自分の云いたいことだけを話すという人がいて、さっぱり話は本論に戻らず、いたずらに時間ばかり経過して無為に終ったということもある。そんな時の帰り道には年は取りたくないなあと自分自身が悲しくもなる。しかし、これも人によってであって、九十歳を越す老人が、きちんと正座して、私の質問に一つ一つはっきりと答えることもある。要点だけ述べて余計なことをひとことも云わない。そういう人の目は鋭くて、輝きが違う。取材中にこういう人に会うことが非常に嬉しい。取材中に、三十歳そこそこの人がしゃしゃり出て、昔はこうだああだと、知ったかぶった口をきくことがある。どこまでがほんとうだか分らない。しかしこれなんか、まあいいほうで、一番困るのは、大嘘をつかまされることである。

場所を書くと、あ、あの小説の取材の時だったなとすぐ分ってしまい、さしさわりがあるから、はっきり書かないけれど、ある故人について取材に行ったときのことであった。その故人を知っているという人を紹介された。五十歳ぐらいの人であった。彼ははじめのうちは、私などより誰彼さんのほうがなどと、控え目にしていたが、いざ話し出すと、その故人を目の当り見ているような話し方で、その人物とその地方との関係を語った。話そのものが小説のように面白かった。

ところが、後日、遺族が現われたので、その話を確めると、真赤な嘘であった。その人は嘘というよりも頭の中で創作した話を私にしてくれたのであった。この人の話をそっくり書いたらいったいどんな小説ができたろう、思い返すと冷汗が出る。

小説の主人公を追って取材する場合は、このようなことがあるから、一人だけではなく、同じことを何人かの人に訊いて、それらの話を平均化したようなものの中に、ほぼ真実を見付け出すように心掛けないといけない。しかし、この方法が必ずしも正当だとは限らない。五人に取材して、五人が同じようなことを云っていたが、六人目が反対のことを云った。実はその六人目が云ったことがほんとうだったという証拠が後になって出て来たことがある。

あらかじめ、できるかぎりの手を尽して、連絡して置いても、取材に応じてくれなかったり、取材に応じてはくれたが、さっぱり要領が得られなかった場合や、資料の出しおしみをされることなどよくあることだ。

旧家などで時々出会わすこの資料の出しおしみは、話を聞けば、ああごもっともだと思うことがしばしばあった。戦後何々大学教授という名刺を持って村に現われた先生が学生を使って、その家の古文書を洗いざらい持ち出したままなどという例を聞かされたこともあった。こうい

う お宅では、その場で写真に撮らせて貰うより他にない。

ごく稀には、たいした役にも立たない古文書を売りつけようとしたり、拝観料に相当するものを請求されることがあるが、これは私に取ってむしろ有難いことである。取材で一番神経を使うのは、このお礼である。二日も三日も費して案内して下さったのに、御礼はいっさい辞退しますと云われると、感謝の気持をどう表明していいのか困ってしまう。また、個人の家を訪ねても取材が終ったら、はい取材費ですよと、なにがしの金を置いて帰るようなぶしつけなことは私にはできない。このごろ、出版社の人と同行するようになったのも、こういう場面、第三者的な立場に立っていろいろと心遣いをして貰えるからである。

集めた資料がそっくりそのまま小説になるかというとそうではない。私の場合は集めた資料のうち小説に採用されるのはせいぜい二〇パーセントぐらいのもので、あとの八〇パーセントは捨ててしまうのである。捨てるには忍びがたいものもあって、無理して入れると小説の構成を乱すから思い切って捨てないといけない。捨てるくらいなら初めから取材しなければいいのだが、取材の時はそれが分らない。とにかく貪婪《どんらん》に集められるだけは集めようというのが私の取材法である。こうして取材した中から小説に必要な材料だけが拾い上げられるのである。


(「文学界」一九七九年八月)

V

ヨーロッパ・アルプスを歩く

わが故郷の感触

私がスイスのマロヤという小さい村を訪れたのは昨年の八月中ごろだった。セガンチーニのアトリエと彼の墓にお参りするためだった。

アルプスを描いた画家は幾人もいるけれど、生涯アルプスの山の中に住んで、アルプスを描きつづけ、最期は岩小屋で絵筆を握ったまま死んだセガンチーニの絵ほどすばらしいものはないとされている。この絵をサンモリッツのセガンチーニ博物館で見て、急にマロヤへ行きたくなったのである。

セガンチーニの絵は全体的に暗く、貧しい農民の生活を描いた絵が多かった。しかし、その中に、少しでも山があれば絵はガ然輝き出し、暗さから抜出ることができた。セガンチーニの絵の中のアルプスは救いでもあった。

マロヤで彼のアトリエと墓所を訪れた。この村にはかなり大きなホテルもあり、相当数の観光客もいたが、セガンチーニの墓を訪れる人はあまりないらしく、墓には野草の花が咲き乱れていた。

マロヤでセガンチーニが好んで絵を描きに行ったという部落の名を聞いた。ソーリヨという谷間の一小村である。バスが一日に二度ほどはいると聞いて、急に行って見たくなった。

山と山にはさまれた深い谷間だった。そこを下っていくと、左右に時々白銀の峰が現われる。バスの客たちが騒ぎ出すと、運転手は自動車を留めて、写真をとらせる。

大通りからそれて、ソーリヨの村へ行くほそい道にかかると、左右に栗の木が見えた。栗の木の林を縫って小一時間、やっと明るい台地にバスが止った。そこがソーリヨの村の入口だった。この付近のどこでも同じように、村の中央通りは石畳である。村ができてから何百年たったか分らないけれど、石畳はすり減っていた。

バスが止ると村の少年たちが、物珍しそうにバスを見に来た。しかし、この村の子はけっして、バスの近くには来ようとしなかった。遠くから、いろいろの感情をこめた目で、バスと、この村を見に来た観光客をながめていた。

私は一人の少年に目をつけた。ちょうど昼ごろだったのでどこかで食事をとらねばならない。レストランがあるかどうかを聞こうとしたのである。しかし、少年は私が近づいた距離だけ逃げた。話しかけられては困るなといった顔だった。

私と同じバスに乗って来た、英国人の婆さんが、少年をつかまえてなにか聞こうとした。少年は横飛びに逃げて、民家の石段に腰をおろすと、そこからバスと、バスからおりた客たちに目を配っていた。私はバスのうしろから、回りこんでこの少年を撮影するのに成功した。シャッターの音がした瞬間、私は私自身の少年のころを思出した。

私の生れた村はこのソーリヨと同じような信州の僻村である。自動車が初めて村へ現われたのは昭和の初めだった。私はこの少年と同じように、自動車からおりて来る都会人に対しては決して気を許しはしなかった。私ばかりではなく、笑顔で迎えるこどもはひとりもいなかった。こどもたちは都会人が去ってから、そっと自動車に近づいていって、おそるおそる触って見たものだった。

私はこの村に半日ほどいた。故郷に帰ったような安らいだ気持で山々を眺めながら牧草地《アルム》の

小道を歩き回った。

第二の写真〔略〕はアルプスの一カ月の山旅を終ってフランス領のブリアンソンという町へ出て、ここで一泊し、翌日イタリアのミラノ行きのバスに乗り、フランスとイタリアの国境を越える時、バスの中から撮った写真である。

ここはまだフランス領でここからちょっと先が国境である。荒涼としたところで、草のたけが短く、色が悪かった。牛の姿も見えなかったから、よほど、地味の悪いところと思われる。昔、この国境には賊が現われて、駅馬車を襲ったそうであるが、いかにも、山賊が出そうなところだった。

ここまで来ると、空の色はいくらか緑がかって見える。濃青色というよりも、黒いほどにも見えたスイスの空の色は、ここではもう見られなかった。空の色がちがって来たから、景色も変って見えるのかも知れない。

この辺まで来て私は蒸暑さを感じた。ヨーロッパへ来て初めての経験だった。毛穴がふくらみ、汗が出るなという感じはなつかしいものだった。乾燥した涼しい旅をつづけていても、時々思出す故郷の感触だった。

スイスの山の気候から離れて、イタリア気候の支配下にはいったのである。

（「朝日ジャーナル」一九六二年一月）

乾いた空気

ヨーロッパ帰りの人に聞くと、北ヨーロッパはたいそう乾燥しているということだった。私も行く前にそう聞いた。乾燥している度合を、一晩でくつ下が乾いてしまうというように具体的に教えてくれた人もあった。私が東京を出発したのは去年（一九六一年）の七月二十二日であった。コペンハーゲンからハンブルク、ベルリン、フランクフルト、チューリヒと歩いて、いよいよ待望のアルプスの谷にはいったのは八月の上旬であった。

乾いた空気に接したのは、ハンブルクに第一夜を迎えたその日からであった。びしょびしょにぬれた浴室のマットも翌朝は乾いていたし、タイルの上にこぼれていた水も朝起きて見ると、そのコン跡さえもなかった。それからの二カ月間よくせんたくをやった。

夜せんたくをして置けば朝になればきれいに乾いているので、これでは着替えなぞ持ってくるのではなかったと思った。よごれているからせんたくをやるのではなく、よく乾くから、ついおっくうがらずに、湯につけてさっとゆすぐのである。ワイシャツのえりなぞ、一日着たぐらいでは全然よごれは見えなかった。乾燥していて、しかも涼しいから汗が出ないことと、外を歩いていてほこりが少ないからである。

私はよく鼻をかむ。冬などはポケットにチリ紙を二十〜三十枚は用意していないと気が済まない。夏だって、鼻を一日中かまないなどということはない。私はこの生理現象を、一種の慢性鼻炎の持病だろうと解釈していた。

西洋にはチリ紙というものは売っていないと聞かされたから、どっさりトランクに詰めて持っていった。ところがどうだろう、帰国するまで鼻は一度もかまなかった。

二カ月間一度も鼻紙を使わないで済ませたということは私にとって大変不思議なことだった。しかし考えて見ると、鼻水の出るのは、湿気が鼻孔の粘膜を刺激することよりも、空気に混じっているごみによる刺激の方がはるかに影響するところは大きい。ヨーロッパへ行って鼻紙を使わないで済んだのは湿気の少ないということと同時に、空気がきれいだということにも原因があったようである。

スイスにはいってまず驚いたのは、牧場（アルム）の緑の美しいことであった。濃い緑の牧場が氷河まで続いていくようすはたとえようもなくすばらしかった。なぜこれほどスイスの牧場の緑が鮮明であるかについて、一つにはスイスの夏は短いから、ちょうど日本の高山植物が短い夏の間に美しく咲くのと同じような、自然地理学的な環境下における植物の生理現象とも考えられ、もう一つは、湿度が少なく、澄明な大気を通してそそがれる太陽光線のために美しく見えるのだということも考えられた。

とにかく、飽くことを知らないあざやかな緑の美しさであった。

空の色も日本の山とは違っていた。青さよりも黒に近い色をしていた。水蒸気のないことが、このような空の色を見せるのだと思った。

私はアルプスの山めぐりを約一カ月ほどやった。谷から谷、山から山を歩きながら、常に身に感ずるのはこの乾きであった。ノドが乾いてたまらないという不愉快な乾きではなく、常に気持のいい状態に置かれたさわやかな乾きであった。

この乾いた空気の中で登山をやって、汗の出かたが日本の山と全然ちがうのに驚いた。この季節の日本の山ならば、水を頭からかぶったように汗をかかねばならないのに、アルプスではそう汗をかかずにすんだので、なんだか山登りをしているような感じがしなかった。

暴風雨らしいものには会わなかった。降ってもたいしたことはないし、吹いてもそう強い風ではなかった。こういうことはなにもヨーロッパに行かないでも調べて見れば分ることだったが、実際向うへ行って、向うの空気を吸って見て、ここは台風の来ないお国がらだと再認識した。日本のように、水害で河川がはんらんしたり、山の樹木が風で倒されたり、橋が流されたりした跡なぞは一度もお目にかからなかった。

フランクフルトの気象台へ行ったとき、一日雨量六十ミリという記録破りの豪雨が一昨年あったと話していた。

一つ台風がくると五百ミリ、六百ミリの雨が降る日本とは比較にならないほど、雨量は少ないのである。雨量が少ないから、水蒸気も少ない。つまり乾燥していることになる。

とにかく夏のヨーロッパは結構なところである。しかし、この快適な夏を迎えるために、彼らは何カ月も太陽を見ない長いゆううつな冬を過ごさなければならないのである。そのせいか彼らは夏の太陽をありがたがってむやみに裸になりたがる。夏の休暇を取って郊外で日光浴をするのも、ぜいたくではなく、彼らの生活上の必要条件なのだ。この裸には、いたるところで悩まされた。

（「科学朝日」一九六二年二月）

アルプスで会ったヨーロッパのハイティーン

四人の少年登山隊

私は去年の夏ヨーロッパアルプスの山々を一か月にわたって歩きまわった。ユングフラウ、マッターホルン、ワイスホルン、モンブラン、ラメイジュ、ピッツバリューなど、日本人によく知られている山を、はじから見て歩いた。

交通機関が発達していて、有名な山の、かなり高い（七合目から八合目）あたりまで、登山鉄道がはいっているので、旅行者は、だれでも安易な気持ちでアルプス見物に行けるようになっていた。

ユングフラウという山がある、この山は処女という名にふさわしくやさしい姿をしているがいちど天候が悪化すれば、ベテランでも近づき難い山になる。しかし、それはむかしのことで、今は、ユングフラウヨッホ（約三五〇〇メートル）まで登山鉄道が行っているから、そこまではだれでも行ける。

「ハイヒールでユングフラウへ」というポスターをよく見かけたが、ほんとうにハイヒールでも行ける。

山の中にトンネルを掘って、その中へ電車を通したのである。スイスの技術と、スイスの国をあげての観光対策の勝利とでも言おうか、ここを訪れる外国人は、例外なくびっくりする。グリンデルワルドという村で電車に乗り一時間そこそこで、三五〇〇メートルのユングフラウヨッホへいきなり出て、そこから、氷河を見おろし、四千メートル級の山々と対面でき、もし望むならば、氷河の上に飛行機の発着場があるから、一万円も出せば、飛行機の上からアルプスの山々を見ることもできる。

しかし、ユングフラウヨッホから、ユングフラウの頂上までは、まだまだかなりの距離がある。これは、電車で行くというわけにはいかない。ちゃんとした身仕度をして、案内人なしでは行けないところである。

ヨーロッパアルプスは、ユングフラウの登山電車で代表されるように、いたるところに、登山電車、ケーブルカー、リフト、などがあって、相当な高さまでは機械力で引張り上げてくれる。これがあたりまえで、だれもなんとも思っていない。

このように書いてくると、ヨーロッパアルプスは交通機関が発達して、もう歩くところがなくなったように思うかもしれないが、さにあらず、歩く道は交通機関以上に発達している。有名なマッターホルンを例にとると、マッターホルンの頂きから、マッターホルン氷河までは登山家の領分であって、人の力によってのみ頂上へ行くことのできる場である。

ヨーロッパの山で会ったハイティーンを分類すると、ハイカーと登山者にはっきり分かれる。

登山者のほうは登山靴をはき、大きなルックザックを背負い、ピッケルを持って、ゆっくりゆっくり登っていくけれど、これに対してハイカーのほうはショートパンツに、サブザック、キャラバンシューズのようなものをはいて、いかにも身軽そうないで立ちで歩いている。この部類分けが非常にはっきりしていて、日本とはたいへん違っているなと思った。

これは、日本の山そのものが、ハイカーとも登山家とも区別しにくい様相を持っているということにも原因があるが、ヨーロッパにおいては、氷河まではハイカーの分野であり、一歩氷河に入ればそれから上は登山者の領分なのである。こうはっきり分かれてしまうのは、山の構造が非常にはっきりしているからでもあろう。実際問題として、ショートパンツで氷河に立つことはできないし、岩場にはりつくこともむずかしい。

なによりも彼らは自分の力というものをよく心得ていて、危険なことにはけっして手をださないようである。

ハイティーンの登山者にも幾組か会ったが、彼らの中には、必ず、相当年輩のリーダーがつきそっていた。ハイティーンだけでパーティを組んで四千メートル級の山へ行くということはまずないということだった。

ヨーロッパ人は自由をやかましくいうけれど、他人が危険なことをしようとしたり、そのままほっておけば危険だと思われるときは遠慮なく注意する。

「あの山はあなたがたには無理だから、おやめなさい」

というようなことは、山小屋で、ハイティーンの登山者がしばしば受け取る注意である。いわゆるカミナリ登山ということは向こうでは、はやらない。


フランス領アルプスにエクランという四千メートル級の山がある。ものすごくこわい山で、この南壁で今までに幾人かの人が命を失った。

この山の氷河の下にフランス山岳会の山小屋がある。小屋の屋根に立っているフランス国旗とフランス山岳会の旗が氷河にうつって美しかった。八月の半ばだったが、ここまで来ると、肌寒くて、毛糸のセーターを着て、ふるえながら食事を取った。この小屋で、四人のハイティーンの登山者に会った。めずらしく、このパーティには年輩者のリーダーがつきそっていなかった。フランス人の高校生たちだけである。

「どこへ登るんだね」

前から、この小屋へ泊まって、エクランの南壁を狙っているフランス山岳会員が言った。

「もちろん、エクランさ、エクランの南壁に登るつもりです」

高校の山岳部員はけろりとした顔で言ってから、彼らの山の自慢を始めた。この高校生らは、アルプス前衛の山をかなりやっていた。

岩登りのテクニックも正式に教わっていた。

「よくわかったよ。しかし、君たちは、今度初めてエクランを見たのだろう」

フランス山岳会員が言った。

「初めてです。すばらしいですね、あの南壁。明日の未明に僕らはこの小屋を出てあの岩壁を攻撃しようと思っています。コースは……」

彼らのひとりが地図を出した。

「わかっているよ。おれの頭の中には、エクランの南壁のありとあらゆるものがはいっているよ。どこに、どんな恰好をした岩があって、その岩のどこへ岩釘《ピトン》を打ち込めばいいかも知っている。天気が変わってくれれば、どこの岩かげに逃げこめばいいかも知っている。嘘と思うならなんでも聞いて見るがいい」

男は腕を組んだ。

「そうですか、そいつはすごいですね。それであなたは、もう何回エクランの南壁を登ったんです?」

高校生にたずねられると、その男はちょっと淋しそうな顔をした。すぐその顔がきびしい表情にかわって、

「まだ、一度も登ってはいないんだ。おれは今年で五年続けてここへ来ている。だがまだ、登るチャンスには恵まれないのだ」

そして男は、ぼつぼつ彼の山歴を話し出した。一口も、その高校生たちに、エクランへ登るなとは言わなかった。

その高校生たちは、その翌朝、エクランの南壁の取りつき点まで行ったが、そのまま登らずに引き返して来た。

「僕らは実にすばらしい偵察をやって来ましたよ。何年か後には、きっと、エクランの南壁を登ります」

その日のうちに彼らは山をおりていった。

ベルギーから来た七人の少女たち

ハイキング族は思い切った軽装をしていた。特に若い女性はショートパンツひとつ、時によると、ブラジャーにショートパンツという服装で歩いているのに出会った。

こういう恰好をする理由の一つは、ヨーロッパ人が太陽を恋しがる習慣から来ているものである。

ヨーロッパは冬が長い。冬になると、いんうつな天気がずっと続く。ほとんど日の目を見ない日が多い。だから彼らは、夏の間に日光にあたっておかねばならないと考えているのである。健康法でもあり、日光へのあこがれでもあった。

ヨーロッパでは、学校はもちろん、会社でも官庁でも、商店でも必ず夏の休暇を取って、海や山へ行って日光を浴びる。

休暇をとるのがふつうで、とらないのはばかか気ちがいである。

キャンプ地はいたるところにあり、家族や団体が日光浴をしている風景にであう。

ハイカーはやはりティーンエイジャーがいちばん多い。男女の数は同数であるが、混合は比較的少なかった。ほとんど見られなかったといったほうがいいかもしれない。

女の子には、女の指導者がつきそい、男の子には男の指導者がついていた。この光景はむしろ私にとっては意外だった。

日本のばあいだと、混合パーティは以外に多く、なかなか楽しそうに山を歩いているけれど、ヨーロッパでは、そういう風景は見られなかった。

これは体力の問題から来ているもののようにも考えられ、また彼らが遊びではなく心身の鍛錬のために山へ来ているのだという気持ちを堅持しているようにも考えられた。ローマやベルリンなどで、高校生たちの修学旅行に会った時の感じとは全然違っていた。修学旅行におけるハイティーンたちは、男女仲よく手を取り、肩を組んでいかにも楽しそうだったが、山では、男女はグループ別にはっきり分かれていた。

男にしても女にしても、年取った指導者がいないばあいは、彼らの仲間からリーダーを選出して、グループを押えていた。

スイスのチナールという山の中で、七人の娘さんたちに会った。ベルギーの女子高校の生徒だった。

ショートパンツに空色のシャツ、帽子の下から金髪が光っていた。チナールの村から八キロばかりのところにプティムンティという山小屋があった。そこへ行く途中いっしょになった。彼女たちの歩調と、私の歩調とふしぎによく合ったか、つい声をかけて見る気になった。

七人の娘さんのうち、いちばん小柄な美しい娘がマリーさんといった。この娘が七人の少女のリーダーであった。全員ベルギーのガールスカウトの団員で、休暇を利用してスイスの山へ来たのである。

マリーさんは全員によく気を配っていた。七人のうちでいちばん太っている娘さんが、峠にかかる前からバテ気味なのをかばいながら、いろいろと世話をやいていた。バテた娘さんの荷物を自分で持ってやって、その娘さんの背後についてゆっくりゆっくり坂を登っていくところなどを見ていると、マリーさんは、こういう山行に、深い経験があるように思われた。

空は青いというよりも黒い色をしていた。日かげに入るとはっきり月が見えたのには驚いた。

スイスの空気は乾燥しているから、その割合に汗が出ないし、周囲には白銀の峰々や氷河が見える。ついうれしくなって歌い出す娘もいた。

「歌はやめてください。歌は下山の時に歌うように約束がしてあったでしょう」

マリーさんは娘たちをたしなめた。歌ってはいけないとリーダーにいわれれば、娘たちは素直に聞き入れて黙ったけれど、体力のすぐれている娘たちは先へ先へと急ぎがちだった。隊列が乱れて、先に行ったものはつい私語をするようにもなる。

「話しても歌ってもいけません、隊列から離れてもいけません」

マリーさんはまたみんなをたしなめた。

「もう何回か山へ登ったのですか」

私が聞くとマリーさんは、

「いいえ、これで三度目です」

「でも、山の歩き方や、その他のことがたいへんよく馴れているように思われます」

「別に、山とはかぎりませんわ、長いこと歩くには、こうしなければならないと本にちゃんと書いてあります」

水場があった。氷河から流れでる、乳のように白い水は渋くて飲めないけれど、樹木のある山から、湧き出て来る水は飲めた。この水の味だけは、日本の山の水の味とそっくりだった。

マリーさんはこの水場でも、隊員たちに水を水筒に補給することは命じたけれど、飲んでいいとは言わなかった。

飲みたくとも、リーダーが飲めと言わないので、じっとがまんしている少女たちの表情がいじらしく見えた。

マリーさんが話すな歌うなと隊員に厳命している以上、私の方から話しかけるわけにもいかなかった。

私はいつのまにか、ガールスカウトのペースに引き入れられていた。彼女らが休む時は同じように休み、彼女たちが話す時には同じように話した。

マリーさんは、ベルギー領コンゴの生まれである。コンゴの独立と共に母国へ引き上げたので、ベルギーのことはあまりよく知らない。アフリカのほうがいいと言っていた。

マリーさんがどこか気丈な女に見えるのは、植民地生まれということも関係あるのかもしれない。

プティムンティの小屋には予定どおり、十二時ちょっと過ぎについた。

「神々はプティムンティの小屋とわれらを護りたもう」

小屋の板壁に、ペンキで、そう書いてあった。少女たちは外で食事を始めた。持って来たフランスパンを切り、ジャムとバターの缶をあけ、ぶどうの房を一房ずつ膝の上において、涼しい風に打たれながら顔を並べて昼食をとっていた。まことにお行儀のよいお嬢さんたちだった。

その小屋からはやせ尾根が氷河まで延びていって、そこからオーバーガーベルホルンに登ることができる。

私は彼女たちと別れて、その尾根を氷河の見えるところまで登った。引きかえして来ると、ちょうど彼女らが出発するところだった。

帰途は彼女たちはよく歌った。いろいろの歌を歌った。中には私の知っている歌もあった。いよいよ、チナールの村に近くなり、彼女たちのテントが見えてくると、マリーさんは私に言った。

「たいへん有意義な日でした。私たちは日本人のあなたと、同行できたことを心から喜んでおります」

「いや、私こそ、あなたたちとごいっしょしていただいたことを、うれしく思っております」

「最後にひとつ、あつかましいお願いがあるが、聞いてはいただけませんでしょうか」

マリーさんが妙なことを言った。

「あなたは日本の作家だとおっしゃったでしょう。隊員たちが、あなたになにか書いてもらいたいと言っております」

私は承知せざるを得なかった。私は彼女たちの差し出すノートに日本字の詩を書き、さらにその下に彼女たちの要求によって、その意味をへたな外国語で書かねばならなかった。

「ありがとうございました。あなたの残されたものは、私たちにまたとない記念となるでしょう」

マリーさんはみんなにかわってお礼を言った。

「あなたは?」

私はマリーさんだけが、なぜ私になにか書けと言わないかを不審に思って尋ねた。

「リーダーは隊員の意見を代表するものであり、常に個人であってはならない……」

マリーさんの口からそんな意味の言葉がもれた。なにか、本に書いてある文句を読んでいるのを聞いている感じだった。

村の入口で彼女たちとさよならをした。七人のベルギーの少女はそろって赤い髪の、青い澄んだ目の、色白の美人ぞろいだった。

彼女たちは私がホテルの門へ入るまで手をふっていた。

（「高校時代」一九六二年二月）

スイスアルプス　緑の牧草地と氷壁の美しさ

予期した美しさだったが

長い間、私はスイスアルプスを自分の中でこしらえていた。緑の牧草地《アルム》を絨毯のように敷いて、その上にそびえ立っている白銀の峯峯とか、教会の尖塔の向うに光るアルプスの連峰とか、氷河の上に立つ白い岩壁――そういったものが私の頭の中にあった。スイスアルプスの山麓の村々についても、牧草地に遊ぶ牛、黒いコールテンの胸着にピンクの花の刺繍をした白いスカートを穿いた村の少女の写真などから、私なりのイメージを持っていた。

そういう断片的なスイスアルプスの智識が頭の中に無制限に入りこむと、それ等が勝手に結合したり、分解したり、また融着したりして、スイスアルプスというものを作り、私自身、おおいにスイスアルプスなるものを理解したような錯覚に陥ち入っていた。だから初めてスイスのチュリッヒの飛行場に降り立ったときも、夢にまで見ていたスイスへ来たという感激はあったが、異質なものに接するという気持はなかった。そこには予期したものがあった。美しい都市、湖、森、一木、一草にいたるまで、観光客の眼を引き止めずにはおかないような創られたスイスの美しさがあった。

私がスイスというものに、いままで私が抱いていたものと違ったものを感じはじめたのは、チュリッヒから汽車でベルナーオーバーランドに向い、インターラーケンで電車に乗りかえ、峡谷をのろのろと走り出してからだった。梓川に沿って上高地へ向うときとよく似ているなと思いながら、日本とは根本的に違ったなにものかを発見しようと、きょろきょろしだしたときから、おそらく私はスイスアルプスの美の構成に疑問を持ちはじめたようだった。

どんなせまい谷であっても、南に面した斜面の木は切り払われて、美しい牧草地になっており、川をへだててその反対側はタンネの林が、時には日本の山と同じような白樺の木などを混じえていた。牧草地《アルム》のあるところには必ず細長い部落があった。私は、川をはさんでの南と北の対照《コントラスト》にひどく興味を覚え、同時に、畑らしいものがどこにも見当らないのに、疑問を持った。これはスイスが牧畜を主としている国であり、乳産物とひきかえに、食糧を輸入しているからであって、少しも不思議はないのだと思えばそれまでであったが、私にはこの牧草地の存在が不思議なくらい気になった。車窓で眺めただけだからよくは分らなかったが、どうやら日本にもありそうな草の種類であること、牧草地に石がないこと、畑のように境がなく、地形に応じて、ときにはとめどもなく、魔法使いが、アルプスの峡谷にふわりと投げた緑の絨毯のようなひろがりを持っていることや、牧草地であるのに、牛が一匹も見えないこと、人らしい影がないのに点々と牧草地の中に家があること（あとでこれは乾草小屋であることが分った）などであった。

時折、車窓から、大きな鎌をふって牧草を刈り取っている牧夫も見受けられた。乾し草をよせ集めている風景も見えた。

私がこの牧草地について感じた疑問は、三カ月のアルプスの旅の間中、私につきまとって離れなかった。

牧草地は立入り禁止

グリンデルワルドのホテルに落ちついて、その日の夕刻、早速カメラを待って散歩に出たときも、私は真直ぐに、グリンデルワルド村の周辺の牧草地を見にいった。綺麗に丈けの揃った草が生えていた。花も咲いていた。草も花も、ひとつひとつ手に取って見れば、全部日本のものとは違っているようだったが、遠くから眺めた感じは同じだった。夕刻だったし、日本を離れて、はじめて土を踏むことのできた嬉しさで、私は牧草地を走った。いい加減走ってから、白い立て札が牧草地のそばに立っているので、そばへいって読んで見ると、

「牧草地です。立入りを禁止します」

と書いてあった。私は顔から火が出るほど恥しかった。それは日本的な常識の上での牧草地ではなく、実は牧草畑であった。牧畜に依存しているスイスアルプス地方の人たちに取っては、その牧草地の草の一本一本が、すべて彼等の生活を支えるものであった。

グリンデルワルドに二、三日滞在する間に私は、この牧草地に関するおおよその智識を得た。草は一夏二度刈ること、刈った草は生乾きにして乾草小屋の二階に入れ、その下には牛が一頭ないし二頭はいれるようになっていること、乾草小屋が点々と散在しているのは、牧草地面積に対して小屋が適当に割り当ててあり、その小屋を多く持っている人は、牧草地と同時に牛を多く所有している人であることが分った。ここは夏が短い。草は、短い夏の間に、できるだけ多くの太陽の恵みを受けて生長する。たった二カ月の間に一年間の生のいとなみを果そうとする植物の旺盛な意欲は草の葉にも濃い緑の色となって現われていた。その植物の生理は日本における高山植物とまったく同じであり、スイスの牛たちは、高山植物を食べて、濃い牛乳を出していると考えて少しもおかしくはなかった。

牧草地は上へ上へとかぎりなく延びていって、やがて、氷河との境までいくと苔のような草になって終った。氷河の近くになると牧草地とは言わず牧地《アルプ》と呼んでいた。三千メートル近いところで私は、はじめて牛を見ることができた。

チナールというせまい谷に入っていって、たった一軒しかないホテルに泊った翌朝であった。牛の首につけた鈴が、いっせいにがらんがらんと鳴り出したので驚いてとび起きたら、牛飼いの少年が、牛をつれて、牧地《アルプ》へいくところだった。村の近くの良質な牧草地の草は冬の間の食糧として大事に取っておいて、夏の間には、牛は氷河に近い山地へ追いあげられて放牧されるのである。勿論、乳の出る牛は村の牛舎にいるのだけれど、若い牛のことごとくは夏の間は、人里離れた高原で一夏を過すのである。

人なつっこい牧地の牛

スイスには北にアルプシュタイン山群、東にピッツパリューやピッツベルニナを中心とするオーバーエンガーディン山群、中部にアイガー、ユングフラウ等を主峰とするベルナーオーバーランド山群、そして、南に、マッターホルンを主嶺とするヴアリス山群がある。私はこれ等の山群をことごとく歩き廻った。山へ全部登ったのではなく、基地の小屋まで行っては、スイスアルプスの偉大な風景に接して来た。

どの山群でも、白銀の峯々を形成する氷河の末端に続く、牧地《アルプ》と牧草地《アルム》が私の心にしみた。白銀の峯々に向ってカメラをかまえると、必ず、牧草地か牧地が構図の中へ入って来た。故意ではなくそのようにスイスアルプスはできていたのであった。

オーストリアの国境近いアローザというところで私は山の中へ深入りしすぎてしまったことがあった。八月末のことだった。気がついたらもう帰らなければならない時刻だった。これはいけないと、少々あわてたので帰路を間違えて、牛がたくさん放牧されている牧地へ踏みこんでしまった。牛は私の顔を見ると、人なつっこい顔をして鈴を鳴らしながらぞろぞろ山からおりて来た。ちょっと怖いような気がしたが、牛たちは別に私にどうするということはなく、なんとなく数頭がまとまって私の先に立つととっとと山をおりていった。牛が立止ったところが道だった。そこから牛は私のあとを従いては来なかった。牛に道を教えられたような気がした。

オーバーエンガーディン山群のピッツベルニナの近くのディアヴォレッツア（二九七三メートル）へ登る途中のアルプ地帯にも牛がいた。そこの草は、高度の高いせいか、せいぜい数センチぐらいの丈けであった。その草も、氷河に近くなると、苔のような草になった。そこには兎と同じぐらいの大きさの茶褐色をしたモルモットが群居していた。そこはもう牛の住む領域ではないようであった。

マッターホルンを中心にしたヴァリス山群の基地は音に名高いチェルマットである。世界中の人が集まるから、ホテルというホテルは満員で、ウインパーがマッターホルンを開拓したころとは違って、登山の基地というよりも、観光の中心地であった。豪華なホテルが立並び、シヨートパンツのビキニスタイルの女が歩き廻っているような町であった。登山家たちの数は思ったほどはいなかった。

郷愁を誘われた乾草の匂い

だが、ひとたび、この町の裏通りを歩いて見ると、やはりチェルマットは町ではなく村であった。屋根に石を置いた、がっちりした乾草小屋があって、新しくしこんだ乾草がつめこんであった。村はずれの乾草小屋の前にふと立止って入口を見ると、一八五九と彫りこんだあとがあった。小屋に鉄のくさびが使ってあったのも、印象的だった。村をはずれて、観光ルートとは関係のない、村の小道を上の方へ登っていくと、そこから、マッターホルンがよく見えた。写真で眺めたマッターホルンとそっくりの形をしたマッターホルンだったが、写真で見たときのマッターホルンとは全然違っていた。形だけは似ているが別な山だという感じがした。写真で見るマッターホルンは、きびしく見えたが、私がそこで見ているマッターホルンはきびしいものではなく、やさしい、あたたかいものを持っていた。私はあまりの美しさにうたれて、ほうっとひといきついた。乾草のにおいがした。乾草のにおいは、私が立っているところから二十メートルほど上の、乾草小屋から、風に乗って流れおりて来たにおいだった。どこかに甘さがあるにおいだった。乾草のにおいはそのときがはじめてではなかったが、それまでになく、そのにおいは私の気持を郷愁に誘った。私がそっちの方へ向きをかえると、その小屋の中から、牛乳の入った大きな罐を背負った娘さんが出て来た。日本の山で使う、背負子によく似たものに、牛乳の罐がくくりつけてあった。かなり大きな罐だった。娘さんは、白いスカーフで頭を包み、スイス人特有のふわりとした長めのスカートを穿いていた。

坂をおりて来て、私の傍を通り抜けるときに今日はと挨拶していった。娘さんの姿が見えなくなってから、私はもう一度マッターホルンに眼を向けた。頂上は、白い雲に包まれていた。その笠のかたちが、いまそこを降りていったスイスの娘さんの頭に巻いたスカーフとよく似ていた。

マッターホルンの写真を撮るのに飽きてから、私はもう一度、チェルマットの谷を見おろした。チェルマット村は、ほとんど四十度に近い急斜面が両側からせまっていた。その急傾斜地にもちゃんと牧草地はできていて、乾草小屋が点々とちらばっていた。

その翌日私はチェルマットから、マッターホルンの麓のシュワルツゼーまでいった。そこはもう、草というのは名ばかりの高原だった。牛はいなかった。スイス尾根登山口のヘルンリの小屋がよく見えた。マッターホルン氷河が眼にいたいほど輝いていた。

その帰途、私は牧地《アルプ》に遊んでいる牛と、牛のそばで、大きな石を拾っては石塚を作っている牧夫の姿を見かけた。そういう風景は、スイスアルプスを歩き廻っている間に何回も見た。なんでもないことのようで、それがなんでもないことではないと気がついたのは、三カ月の旅行が終りに近づいて、ふところが淋しくなってからだった。

山麓のすばらしい牧草地に石がないのも、石を取りかたつけて草原にしたからだった。そしてこのスイス人の手は氷河に続く、アルプ地帯にまでおよんでいた。スイスの山が美しく見えるのも、そのスカートとなるべき、山麓の自然の美しさがなければならない。それらは、長い年代をかけて、スイス人の力によって、たくまずに造りあげられたものであった。

私がスイスアルプス旅行を終ってチュリッヒに帰ったときはもう秋になっていた。

（「旅」一九六六年七月）

チロルの山

バスが東チロルの主都リエンツを出たのが朝の九時であった。オーストリア第二の山、グロースベネディガー（三六七四）の登山口にあたるタウエルン行きのバスであるから超満員かと思ったら、登山客と見られる者は私の他に五人しかいなかった。昭和四十一年八月二日のことである。日本ならば、登山の最盛期のこのころの富士山登山バスは一日数千人は運ぶだろう。オーストリアの国民は山に関心がないのだろうか。

オーストリア人にかぎらず、一か月の夏季休暇を持っているヨーロッパの人たちは、この期間を利用して、あらゆる山、あらゆる湖、あらゆる海を対象としてのバケーションを考え、それぞれ好きなところへ出かけていく。猫も杓子も富士登山という風景が見られないのはこのためだろう。グロースベネディガーがオーストリア第二の山といっても、この付近にオーストリア第一のグロースグロックナー（三七九七）があり、その他に三千メートル級の山々がいくつか並んでいるから、ことさらグロースベネディガーだけへ押しかける理由はないのだろう。

ヨーロッパの自動車道路はどこへ行っても完備していたが、この道路はところどころ工事中でもあったがけっして完備したものではなかった。道路工事に従事している人夫はユーゴースラビアからオーストリアへ亡命して来た人たちだと、私の隣席に坐ったオーストリア人が話してくれた。

このタウエルンの谷をバスに乗って走っていると、有明駅から中房温泉行きのバスに乗っているような錯覚に襲われる。この谷ばかりでなく、チロル全体が日本的なのは、山々がスイスやフランスのアルプスのように高くなく、頂上まで植物におおわれた山が多いからであろう。

このタウエルンの谷で、日本的なものを感じたのは、谷の両側いっぱいに生えているゼンマイであった。ゼンマイ谷と名づけたいほどゼンマイが濃い緑の葉をひろげていた。ダケカンバや樅《タンネ》の木の配在も、日本の山を思い出させた。

十一時にタウエルンに着いた。一五一二メートルの高所の部落で、小さな教会があった。教会の前のタウエルンハウスという小さなホテルで道を訊くと、グロースベネディガーへ登るには、まず、その山腹にあるプラガーヒュッテまで登らねばならないということであった。ヒュッテまで四時間かかるということだった。

私はタウエルンハウスで食事をしてから出発した。霧の去来がはげしく、小雨がつづいていた。嫌な天気だが、こういう天気が、四、五日続いていたから、たいしたことはないだろうと思ってホテルを出た。海外旅行の経験者ならばだれでもそうであろうが、じっとしてはおられないのである。村をはずれると牧場になり、そこを通りこすといよいよ山道にかかる。そこに立札があった。

「次に示す自動車以外牧草地《アルム》に入ることを禁ず。農業用、道路補修用、警察用」

そして、百メートルほど行ったところに、また立札が立っていて、

「くどいようだが、もう一度この標識を出す。この道路の通行を許されている自動車は農業用、道路補修用、警察用の三種である。他の自動車がこの道へ入ると罰金を徴収されるから注意のこと」

いかにもゲルマン民族らしいやり方だし、こうすることによって、自然の破壊されるのを防ぐ国の方針が嬉しかった。

タンネの森の中を縫うように登っていくと、時々霧が霽《は》れて、ふり仰ぐと首が痛くなるほど高い山が両側に聳えていた。枝ぶりのいいタンネの木が、雪崩でおし出されたと思われるような岩の上に、ぽつんと一本だけ生えている向こうに、残雪が白く見えた。八月というのに、まだ残雪かと思って近づいて見ると、残雪の上に、数頭の山羊がいた。近くに二軒ほどの民家があった。その家の山羊らしく、三十度ぐらいの急傾斜の残雪の上をあっちこっち走り廻っていた。どうやら、残雪の周辺に生え出している若芽を食べているらしかった。そのころから、雨

が強く降り出したので、どこかに避難場所はないかと探していると、道ばたに大きな岩があり、ドアーに十字架が書いてあった。中を覗いて見ると、だれがつけたか、一本のローソクが燃えていて、その向こうにマリアの像があった。教会であった。三人がけの椅子が七つきちんと並んでいた。

私はそこで、しばらく雨宿りしたが、なかなか止みそうもないから、行けるところまで行くつもりで、十分に身ごしらえをして、マリアの洞窟を出た。しばらく登ると、そこに十数軒の部落があって、牛や山羊やニワトリが牧場で遊んでいた。インネルグシュロスというところで、村そのものは貧困に見えたが、こういうところにも、夏の休暇を利用して家中で避暑に来ている人たちがいて、その人たちのために建てられたと思われる離れや、二階屋があちこちに見えていた。

この村まで来ると、雨が止んで、谷をまたぐように虹が立った。切りこんだようなせまい谷で、両側の高い山から、十数条の白糸の滝が流れ落ちていた。

部落を出てすぐ私はずっと遠いところに氷河を見た。灰色の高原といった感じだった。その氷河に達するまでには、まだまだかなりの距離があるようだった。村をはずれて、あぶなっかしい丸木橋を渡ってからはいよいよ、チロルの山らしい山になった。氷河にたどりつくまでの登山道の両側は牧地であって、ときどき、登山路に牛が出て来て、登っていく私の顔を、人なっこい顔でじっと見つめていた。こういうときには、塩のかたまりをやれば、牛はたいへん喜んで、鈴を鳴らしながら、ずっと上までついて来てくれるのだが、そのときは、塩の持ち合わせがなかったので、シーシッと口で追うと、私のいうことがわかるのか、道をあけてくれた。

そのへんにスカンポ（スイコ）がいっぱいあった。どう見ても日本のスイコとまったく同じであったから、取って食べて見ると、その酸味も歯ごたえも、子供のころ、信濃の生家の近くの田圃の土手で取って食べたスイコと寸分の違いのない味だった。たいへんうれしくなって、ひとつかみ取って、食べながら登って行くと、上から大きなルックザックを背負った男がおりて来て、グリュースゴットと私に声を掛けた。

「この草は何というのか、オーストリアの子供たちは食べないか」

私が質問すると、彼は首を振り、両手をひろげて

「その草は牛も食べない、だから、その草はいっぱい生えているのだ」

といった。私が、その牛も食べない草をうまそうに食べて見せると、その男は、よほど驚いたらしく、オーオーと言いながら、後をも見ずに駆けおりて行ってしまった。ほとんど人が通らない石ころの山道だった。降ったり止んだりする雨の中をゆっくりゆっくり登っていくと、目の覚めるような高山植物の群に行き会った。ひょいっと見た感じでは、日本の高山植物とそ

っくりだが、ひとつひとつ丹念に見ると、日本の高山植物とは少しずつ違っていた。

氷河の末端に近づいて来たころから、風雨が強くなった。高度を増したから風が強くなったことは当然のことながら、いままで去来を繰り返していた霧がなくなって、層積雲の黒い鬢《ひだ》をすぐそこに見ると、これは、いよいよ嵐になるなと思った。

嵐になる様相ははっきりしていたが、私はなんとかして氷河を踏んで見たかった。そのときには、もうプラガーヒュッテまで登ることは半ば断念していた。

登山路からはずれて、大きな岩石が畳積しているところをあっちこっちとさけながら氷河に近づいていった。水の流れる音が聞こえ出してきて、その音が急に大きくなったなと思ったとき、私は氷河の末端に出ていた。氷河の下の方から音を立てて水がほとばしり出ていた。

私の眼の前には氷河の断層があった。灰色の石を幾層にも積み重ねたように、板状節理の断面を見るように、整然としていたが、氷河の末端を大きく迂回して、その上部に出ると、やはり氷河は氷河らしく、瓦礫を飲みこんだきたない氷原でしかなかった。ところどころに、まだ溶け切れない新雪があって、そこだけは、銀色に輝いていた。氷河にはつきもののクレバスがあって、その割れ目がS字型に走っているのが、いままで見て来たアルプスのどの氷河にも見られないことだった。

氷河と接している石ころ地帯には、こけのような草が生えていたが、ここにはもう動物はなにもいないようであった。花も咲いてはいなかった。

風雨が強くなり、その雨がみぞれに変った。雨具を通して寒さがひしひしと身にしみた。私はプラガーの小屋へ行くのは明日の楽しみにして、風雨の中を山を下った。

タウエルンハウスに着いた時はもう暗かった。着替えして、ホテルの食堂に出て熱いスープを飲むとどうやら生きかえったような気持になった。食事をすませて、一ぱいのビールに陶然となった身体を窓側に寄せていると、ホテルに宿泊中の客がつぎつぎと現われて来て、このホテルの備えつけの楽器を手にしたり、食堂の偶に山と積んである楽譜を手にしたりして、別に指揮者もいないのに、いつの間にか大合唱が始まった。

チロルの山の宿はどこに行ってもこうである。音楽好きなオーストリアの人たちは、夜のふけるのも忘れたように歌いかつ踊りながら夏の一夜を過ごすのである。

私は、彼らとは違った種類の客ではあったが、いつの間にか彼らと一緒になって、楽譜を手にして歌っていた。

（「エーデルワイス写真集　わが心の山」一九六八年・角川書店）

Ⅵ 創作を巡って

山に憑かれた男　芳野満彦君の横顔

芳野満彦君を私に紹介してくれたのは、おととし八ガ岳で遭難された長田照典君であった。たしか昭和三十一年頃だったと思う。しかし、彼と知り合う以前に私は彼を、彼が書いた文章を通じて知っていた。昭和二十六年だったと思う。「山と溪谷」誌上に、彼が書いた八ガ岳の遭難記録を読んでものすごくうたれた。あれほど私を感激させた記録文はその後見たことがない。文章のうまさよりも、そのなかに流れている真実の強さであった。

文章を読んで想像していた人物と本人とがかけはなれて違った感じを受ける場合が多いけれども、芳野君の場合は、ほとんど私が想像していたとおりの人物であった。

芳野君は一種の人を魅する眼の輝きを持っている男である。彼と話していて、彼に牽かれていくのは、この眼である。しかし彼の人を牽きつけて離さないその眼なざしは、なにかの折突然火を吐き出すように燃え出すことがある。ある夜芳野満彦、碓井徳蔵、永田次郎（通称駅長）たちと飲んだ時芳野君が「新田さん、あなたは登山家でないからといって、コンプレックスを持つことは少しもないでしょう。あなたは小説家として山を書けばいいので別に登山家である必要はない」

という意味のことをいい出した。かみつくようないい方だった。芳野君のいうとおりで、私は、彼が心配しているようなコンプレックスなんか持っていないけれども、なにか他人の噂を聞いて、私のことを心配してくれたのだと思った。感謝をしながら、彼の真剣な思いすごしに彼らしい素直さを感じた。

一昨年だったか、芳野君が私のところへ妙な男をつれて来た。南米へ行くのだという話だった。芳野君のいうことならたいてい信用する私だったが、そのつれの男には一眼見たときから信用を置かなかった。その男は私の眼を真直ぐ見られないし、たえず身体を動かしていた。結局芳野君はその男のためにたいへんひどい目に合わされたと後で聞いた。彼の純真な直進性が相手を見そこなったのだと思う。

私は芳野君と一度も山へ行ったことがないから山での彼の活躍は知らないが、初登攀として残されているものだけあげても次のような輝かしいものである。

昭和三十二年三月　前穂四峰正面岩壁

昭和三十二年八月　滝谷グレポン

昭和三十三年一月　北岳バットレス中央稜

昭和三十三年十二月　屏風岩中央カンテ

これほどの業績を残している芳野君であるから山ではすごい離れ業をやるらしい。そういう話はいくつか聞き、彼の随筆でもしばしば読まされている。

ある女性週刊誌から、私の推薦する男性という原稿を依頼されたことがある。私は彼を推薦した。私をぜひお嫁さんにという手紙が千通あまりも寄せられて、彼を面喰わせたそうである。

私の家へも直接やってきてぜひ芳野さんにという勇敢なお嬢さんがいた。ところが彼はこれ等の女人たちには全然見向きもしないのである。芳野君が結婚に背を向けるのは、やはり、山の現役として、このまま山を続けたいという気が強く作用しているからであろう。

彼は絵も相当な腕だし、文もうまい。しかし彼はこの才能を〝山〟から離れての世界で試みようとはしない。この点彼自身、山に憑かれた男を自任しているようでもあるが、このことは彼のためにも、彼と同じような傾向をたどる山男たちにもけっしていいことだとは思っていない。

生涯を山にだけ託することは色々な点で無理がある。山と接近した職業を選ぶことはある程度山への郷愁を満すことになるようだが、下手をすると、いよいよ、中途はんぱな人生になりかねない。

芳野満彦の名は私が太鼓を叩かなくてもかなり、山仲間では鳴り響いている。有名だということが、彼の将来に対して牽制しているのだとすれば考えものだと思う。

私は彼に社会人たることを相当強度にすすめている。その時期だと思うからだ。山の第一線は後輩に譲って、完全なる社会人たることが、芳野満彦の名を後世に残すことになるのだと声を強くしていいたい。

幸い、芳野君は今の職場にもう一年以上落着いている。職場の人たちや経営者が彼に対して理解があるからこそ、彼も落ちついていられるのだと思う。

願うことなら、次は結婚である。結婚すれば、さらに彼の人間の深さは増し、本当にすばらしい男になりそうな気がする。

（「山と高原」一九六一年四月）

孤島精神

現在新潮文庫の「強力伝・孤島」に集録されている小説〝孤島〟がサンデー毎日特別号に発表されたのは昭和三十年秋のことである。

原稿用紙にして百枚の中編で、サンデー毎日百万円懸賞小説に応募して、一等に入選した作品であった。百万円といっても、私ひとりで百万円をせしめたわけではなく、そのうち三十万円をいただいた。

〝孤島〟を書こうと思ったのはだいぶ以前からで、ぼつぼつ資料は集めていたが、なにしろ私自身が孤島へ行った経験がないので、イメージが湧き上らないで困った。

〝孤島〟執筆について一番御厄介になったのは現在気象庁総務課補佐官の山本正司技官で、執筆の直接の動機は、山本さんが測候時報に書かれたアホウドリ発見の記録を見たときであった。アホウドリ発見という劇的事実と、孤島という限界状態において人間がいかにして生きるか、つまり私は孤島精神を書きたかったからであった。孤島精神こそ気象事業を支えるものであると考えたからであった。

材料はそろったが、さて筆を執ると、現地へ行ったことのない私には、どうしてもその状況が頭の中に浮び上ってこなかった。多勢の人から話を聞き、一生懸命になって孤島を想像した。

次に引用する小説孤島の冒頭を書くには実に一ヵ月を要し、原稿用紙五十枚あまりを使った。

鋭い胡鳥の叫び声が、一つ二つと上空で聞え始めると、島全体が急に騒々しくなる。鳴き声は翼の音を誘い、翼の音は更に新しい鳴き声を含めて、いくつかの集団となって、島上空を廻り出す。やがて、それらの集団は測候所の上空あたりで、予定の行動のように、ぶつかり合って乱れ合い、広い行動半径をとって鳴きながら飛び廻る。そのうちに集団のどこかに中心が出来て、まとまりがつき、島全体の胡鳥は一団の黒い塊となって旋回運動を始め、叫び声は前よりも激しくなる。

笹山は眼を覚ました。一時間半はじっとして胡鳥の声の静まるのを待たなければならない。窓を通して、月の光がさし込んで、壁に張った鳥島の地図を照らしていた。

周囲七粁の円形の島である。遠い昔の記録は分らないが、過去における何回かの噴火によって形成された鳥島は、富士山を海の中に沈めて、頂上だけを露出したような形をしている。東と西に月夜山と旭山が、両肩をいからして、外輪山を作り、中央に噴煙を上げている硫黄山を守るように取り囲んでいる。頂上から三十度の傾斜は、海に入る寸前でそり立ったような崖を作っている。この島は孤島であると同時に海の中に佇立する孤峰である。わずかに西側の一部に、人が近づける地形的の余裕を残し、その両端の崖の上に鳥島測候所がある。

この描写ができてからあとは比較的楽だった。

私が〝孤島〟を書いたのは懸賞金を取る目的ではなかった。どこかのしっかりした雑誌へ発表しようと思って書いたのだが、さてでき上ってあっちこっちと持ち歩いたが、当時私はまだ無名だったので、内容はいいが、こんな長いものを載せるわけにはいかないといって、どこへ行ってもことわられてしまった。最後には、測候時報でもと思って、桜庭さんにたのんでみたが、小説はどうかなと首をひねられた。まったくそのとおりで、いたしかたがないから、そのまま封筒に入れて時期の来るのを待っていたところ、一年もたたないうちにチャンスが、めぐって来た。サンデー毎日百万円懸賞小説募集であった。第一次予選通過、第二次予選通過、佳作二十篇発表となって、そのなかに〝孤島〟がでて来ると、胸がわくわくして落ちつけなかった。

一等当選の電報を受取ったときは嬉しかった。小説〝孤島〟が世に出ると、あっちこっちから反響があった。この小説に眼をつけたのは映画会社で、なかでも、日米映画というところが、もっとも熱心だった。プロジウサーの今井さんという人が、毎日のように気象台へやって来て、鳥島のことを聞いた。島へもでかけていった。離島課の池田さんなどから、いろいろと島のことを聞いたりして、さていよいよクランクインということになったら、配給会社との契約がうまくいかないというので企画取りやめになった。日米映画というのは映画製作会社で、配給会社は大映系、日活系、東宝系などあったが、いずれも、当時流行のアクションものばかりやっていて、〝孤島〟などのような女っ気のないものではお客が来ないだろうというわけで、契約しなかったのである。

孤島はそのごもちょいちょい映画の話があったが、とうとうものにならずに今日に及んだ。考えてみるとかえって、その方がよかったかも知れない。へたに映画を作られると原作がぶちこわしになるし、だいいち離島課の人たちに迷惑をかけることになるかもしれない。映画にならないでよかったと思っている。

〝孤島〟と私とのつながりはこれだけではない。これが縁になって離島課と小生とは鳥島測候所閉鎖まで親しくおつき合いを願った。毎月、私のところへ送って来る雑誌類ほかあらゆる印刷物を取って置いて、便船のたびに島へ送るという楽しみが増えたのである。どうせ不要な雑誌類が島へ運んでいかれて、みなさんに喜んで貰えると思うと私まで嬉しくなった。そのお礼だといって、立派な白珊瑚《さんご》を戴いて、現在、小生の応接間に飾ってある。

昭和四十年の十一月にいよいよ鳥島観測所が閉鎖されるようになったときはがっかりした。いつかはそうならねばならないように思っていたが、現実の問題となってみると、離島課の人たちと同じように淋しい気持になった。

この気持ちが私に第二の〝孤島〟の筆を執らせた。

題名は〝火の島〟である。鳥島の撤退策戦を描いた作品である。現在二百枚書いた。五月中に二百枚書き、六月中に原稿を出版社に渡し、本になるのは今年の九月だろう。〝火の島〟がどのような批判を受けようと、それは私の責任であるけれど、少なくとも、後世に誤った印象を伝えたり、悪意や中傷と解されるものは書きたくないと努力している。

孤島や鳥島へ一度も行かずに〝孤島〟と、〝火の島〟の二作を残すことは、なにか、すまないような気がするが、或は、私自身、島へ行ったならば、その絶烈な孤独にさいなまれて、かえって書けなくなるだろうとも思われる。他人の話を聞き、想像して書く……

つまり、客観の中に、鳥島という極限界が現出されれば、それで文学としての価値はあるのだと考えている。

孤島精神こそ、気象事業の本髄の姿であり、孤島精神なくして気象庁は存在しないという私の主張は、もはや気象庁を去った私がいうべきではないかも知れないが、とかく、形式主義に流れ、官僚主義に毒され、マスコミの海を上手に泳ぐことばかりに汲々としている気象庁上層部にとって、孤島精神喪失は気象庁喪失でなければいいがと思っている。

（『鳥島』一九六七年・気象庁鳥島クラブ『鳥島』編集委員会）

諏訪新田の次男坊

私の姓名は藤原寛人《ふじわらひろと》である。ひろとと読んでくれる人はほとんどなく、かんじんでずっと通っていた。気象庁在職中も、かんじんさんの方が通りがよかった。

終戦を満洲で迎えて、家族と別々に引揚げて来て間もなく、私の妻・藤原ていが「流れる星は生きている」という引揚記録を書いて、それがベストセラーになった。この本の帯に、夫君は気象台技官の藤原寛人であると書いてあるのを、当時の中央気象台長和達清夫氏（現埼玉大学学長）が見て、きみの名刺の肩書は気象台技官よりも、藤原てい夫とした方がいいと云った。もともと私は信州出身の田舎者だから、洒落が分らない、こんな云い方をされると、腹の中が煮えくりかえるようにくやしくて、二、三日眠れなかった。

藤原ていの名は一躍世に出たが、藤原寛人などという名は一般には通っていないのだから、和達氏になんとからかわれようと、しようがないと云えばしようがないが、ここでこのままひっこんでいたら、いよいよ女房の尻の下に敷かれることになると思って、奮起一番、女房が筆で名を売ったのだから、おれもという気になって、当時、サンデー毎日で募集中の懸賞小説に投稿して見る気になった。

この時の小説が、私の処女作「強力伝」で、そのときはじめて使ったペンネームが新田次郎である。（強力伝は一等に当選して、その後書いた小説三篇と一緒にして、単行本「強力伝」を発行し、これが第三十四回〈昭和三十年後期〉直木賞の受賞作品になったのである。）ペンネームについてはいろいろ考えた。まず藤原の姓を基にして藤原なにがしとしようと考えたが、既にそのころ、作家の藤原審爾さんがおられたので、藤原はあきらめ、故郷の諏訪地方の地名から取ろうといろいろ考えて見たがどうもうまいのがない。

考えに考えた末、私の生れた村の名前を戴くことにした。私の原籍は、長野県諏訪郡上諏訪町角間《かくま》新田《しんでん》というところである。はじめは角間新田生れの次男坊だから、角間次郎とつけて見たが、友人に見せたら、かどまじろうと読まれたので、なるほど、そうも読めるかと思って、これはやめて、新田次郎とした。はじめは、新田にしんでんとふりがなをつけていたが、いよいよ原稿を出す段になって、新田は一般的にはにったと読むのだから、わざわざしんでんとふりがなをふることもあるまいと思ってふりがなを消して出した。そのとき以来ごく自然ににったじろうと呼ばれるようになった。だが、故郷の諏訪に帰ると、しんでんの次郎さんと呼んでくれる。私はこう呼ばれるのがいちばん嬉しい。時には、あらたと呼んだり、しんだなんて失礼な読み方をする人もあるが、まあまあにったじろうでどうやら通るようになった。
二年前までは気象庁に勤めていたから、実名を書くことが多かったが、いまは筆名だけを使うようになった。ごくまれに藤原寛人と書くと、なんだか他人の名前のような気がする。

（「別冊文藝春秋」一九六八年六月）

二十年来のテーマ

『八甲田山死の彷徨』は明治三十五年の一月末に青森歩兵第五聯隊の二百十名が八甲田山へ雪中行軍に出掛けて吹雪に遭い、百九十九名の死者を出したという大事件をテーマにしたものである。

この事件を『八甲田山』という題名で三十枚の小篇にまとめたのは昭和二十六年、私がまだ無名作家のころであった。そのとき以来この事件をもっともっと深く掘り下げて長篇に書き上げようと思っていた。

遭難直後に軍が発行した公式の遭難報告書は、比較的容易に手に入ったが、裏面史を書いたようなものはなかなか手に入らなかったが、たまたま昭和四十四年の春、新聞紙上で、この事件の真実を長年にわたって調べ歩いている小笠原孤酒という人が青森に居ることを知った。彼と連絡して見ると、彼はこの事件の関係者及びその遺家族を一人一人訪問して貴重な資料を数多く集めていることを知った。彼には東京で二度逢い、現地調査のときには案内までしていた

だいた。彼は現在、この遭難事件の実話集を執筆中で、既にその第一部は自家出版されている。（青森県十和田市焼山小笠原孤酒）

私は彼に逢ったことによって今まで知らなかった幾つかの事実を知った。吹雪の八甲田山を狙ったのは青森歩兵第五聯隊だけではなく、ほとんど同じころ、弘前歩兵第三十一聯隊が反対側から八甲田山に入り、五聯隊の遭難者の死体の傍を通って、無事青森に到着しているのである。

この事件の原因はなにかと云えば、第八師団が、第三十一聯隊と第五聯隊に雪中行軍競争を強いたことにあった。すべて日露戦争を控えての軍のあせりであった。結果においてはこの雪中行軍競争に勝った三十一聯隊の名はさっぱり上らず、負けた第五聯隊の名前のほうが日本中に知れわたることになった。皮肉な結果である。

資料が集まるまではたいへんだったが、いざ揃ってしまうと、書くのは比較的楽であった。困ったのは題名だった。私は仮題を『八甲田山』として、書き終った段階でいくつかの題名を考えた。『吹雪の底』という題をかなり強く主張したが、新潮社の方ではこれでは弱いということであった。新潮社側からは『軍団凍結』はどうだろうと云って来た。これには私の方が反対したので、題名は一時宙に浮いた恰好になったが、結局『八甲田山死の彷徨』と決定した。もっとすっきりした題がないものかと考えに考えたがとうとうこれ以上のものはでなかった。

小説の題名でこんなに苦しんだこともないし、出版社に迷惑をかけたこともない。題名はむずかしいものだ。

（「波」一九七一年九月）

思い出の中の自分

まったく突然子供のころのことを思い出すことがある。喧嘩をしたときのことや、川魚を取ったことや、先生に叱られたことや、友人と論争をしたことなど、とりとめもなく、ふと思い出すことがある。そういう子供のころのことを思い出すときの状態を考えて見ると、これもまた偶然のようなもので、朝眼覚めたときとか、夜寝るときとか、面白くない小説を読んで欠伸《あくび》をしたときとか、そんなときに、思い浮んで来るのである。

昔のことを話したがったり、調べたりするようになるのは老後に入った証拠だとよく云われる。そのとおりだと思う。しかし私がまったく突然に昔のことを思い出すのは、老境に入ったからではなく、ずっと若いころも、なにかの折、ふと昔のことを思い出したものだ。

たしか、まだ二十四、五歳の独身のころであった。なにかの折に子供のころ、私の祖母が隣家のお婆さんを叱った話を思い出したことがある。隣家のお婆さんが私の祖母の隠居所へ毎日のようにお茶飲みにやって来て、自分の家の嫁の悪口を云った。私の祖母は、編物をしながら、そうかえ、そうかえと云って聞いてやっていた。聞いてやれば気が済んで、二、三時間もすれば帰って行った。その隣家の婆さんが、成る日のことといつものとおり、私の祖母のところへやって来て、例によって自分の家の嫁の悪口を云ったついでに、私の母の悪口を云った。その悪口がなんであったか私には分らない。私はそのころ、小学校に入ったばかりで、祖父母に可愛がられていたが、老人たちの話には興味がなかった。私は祖母が、

「私の前で、りゑの悪口をいうような女《ひと》はすぐ帰っておくれ」

とものすごく大きな声で怒鳴ったので、そのことに初めて気がついたのだった。りゑというのは私の母の名であった。隣家の婆さんは、私の祖母の怒りがあまりに激しいので、取りつくろうこともできずに、すごすご帰って行った。

文筆の開眼は祖母の感化

私が二十四、五歳のころ、突然思い出したひとこまはこの時の祖母の怒った赤い顔であった。その祖母の怒った顔を思い出すと、私の母の悪口を云った、隣家のお婆さんが憎らしくなって、私の顔が赤くなった。悪口の内容も分らないのにどうしてこうなるのか不思議でたまらなかった。私が二十四、五歳のころは私の祖母も隣家のお婆さんもこの世にはいなかったが、私は思い出の中に、時を逆行して、ひとりで腹を立てたのである。まったくばかばかしいことであっ

たが、これは実際の話である。

祖母はやさしいきれいな女《ひと》だった。昔話を上手にしてくれたし、なによりも、私が祖母のことを今でも忘れないのは、幼児のころから、本を読んで聞かせてくれたことである。私が、現在まがりなりにも文筆が持てるのは、この祖母の感化によるものだと今でも思っている。

祖母のところに、同じ年ごろの老婆がかわるがわるやって来ては、多くは自分の家の嫁の悪口を云って帰って行ったが、祖母は、私の母のことを他人の前であれこれいうようなことはなかった。だから、私の母にやさしかったかというとそうではなく、嫁と姑との境目はきちんとしていた。気に入らないことがあると、母に向ってかなりきつい言葉で当っていた。母はおとなしく、はいはいと聞いていた。母が祖母に一言でも反発らしいことばを使ったことはなかった。嫁に対して遠慮なく口を利くけれど他人様に自分の家の嫁の悪口なぞはいっさい云わないというのが祖母の日頃の態度であった。どこの家でも嫁と姑とは仲が悪く、女は嫁に行くと姑にいびられ、姑が死んでからは今度は嫁をいびって暮すというような悪循環がずっと昔から続いていた。ところで、この祖母が怒ったひとこまはその後もちょいちょいと思い出す。なんの予告もなく、突然、真赤になって怒り出した祖母の顔が、私の記憶の中から甦《よみがえ》って来ると、私も記憶の中の祖母と共に、私の母の悪口を云った隣家のお婆さんを憎らしく思うのである。

思い出しては腹を立てるのはこの他にもある。小学校の六年生の時、中学校（旧制）の入試を受けて合格して、いよいよ小学校とお別れして中学へ進むという時になって、上級生（高等小学一年生と二年生）の中の悪童達が、雪のお別れ会と称して、雪の田圃《たんぼ》の中に私を引張り出して、踏んだり蹴ったり、殴ったりした揚句、私の顔に唾《つば》を吐き掛けた。

私を痛めつけた悪童は、今は世を去っているが、私は、その男を今でも許してはいない。この思い出は、雪が降り始めたときとか、子供たちが雪の中で戯れている光景など見ていると突然思い出されて、多勢に無勢、どうにもならず、なすがままにされたその日の屈辱感が大波のようにおしよせて来て、思わず顔が赤くなるのを覚える。

小説の中のわが姿

この二つの話は、私がどちらかというと被害者側に立たされた場合の思い出であるが、逆に私が、相手に対して悪いことをしたり、悪いことを云ったりしたことの思い出もちょいちょい甦って来て、穴があったら入りたいような気持になることがある。

気象庁に勤めていたころの話である。戦後の特徴として、やたらに会が多くなって、愚にもつかないような会議ばかり続き、同じような発言が、繰り返されるのを業が煮える思いで聞いていた私がとうとう我慢できなくなって、ひとりよがりの俗説を得々として発言している或る男をこてんぱんにやっつけたことがあった。その時は可哀そうだともなんとも思わなかったが、その男が停年退職して、しょぼしょぼと歩いている後ろ姿を見たら、あのときあんなに痛めつけてやらねばよかったと悔いが出て、それから、ちょいちょい、その会議のことが思い浮んで来るのである。

私は時々、あのとき、ああしなければよかったという反省とも悔恨《かいこん》ともつかないものにひょいと取りつかれて、ついそのことに身が入りこんで時間が経過してびっくりして吾に帰ることがある。

人間が歩いて行く前には無数の道がある。人生六十近くまで歩いて来て、二十代をふり返って、ああのとき、あっちの道を歩いて行ったら、よかったのにとか、そうしたら人生はバラ色に輝いていたろうかと考えることは楽しいが、自分の歩いて来た道をばかげた道を歩いたものだと思うのは愚の骨頂である。もう一度、人生をやり直すことはできないのだから悔いてもしょうがないことである。しかし、やはり私は、ふと自分の過去のことに対して、悔恨するのである。

子供のころ空気銃を持ち歩いていて、小鳥を取ったことがある。傷を受けて落ちて来た小鳥が、血にまびれて苦しむ様が、五十年の歳月をへだててふと思い出されることもあるし、初恋の想いをついに言葉に出せずに終った秋の夕暮れどきの風の冷たさなどが、悔いともなってそのままで思い出されて来ることがある。

私は他人と会って話をすると、十の言葉の中に二つは失言をしている。相手を傷つけたり、自分が傷ついたりする言葉が、ひょいと出てしまうのである。云ってしまったら取り返しがつかないことだから、云う前に充分考えてから云えばいいのにそう思っていてもつい云ってしまって、後悔することになる。こういうことをした後、二、三日は自分自身が不愉快でしょうがない。反省状態の中の昂奮状態にしばらくの間は沈んでいて、仕事が手につかない。気が小さいのか、ばかなのか、自分の性格がいやになる。

物を書くということは、多かれ少なかれ、自分自身の経験から発しているものであって、たとえそれが完全のフィクションであっても、よくよく分析すると、その中に作者の姿がでて来ているものである。批評家にそう云われて、私自身が書いたものをふりかえって見ると、やはり幼いころから持っていたものが、作品の中に形を変えて出て来ている。たとえば、雪のお別れの会で、私を痛めつけた男の容貌は、私の小説の中にそのまま、悪役《あくやく》として生きている。

或る講演会の席上で、私は一人のファンから質問を受けた、私の小説の中に出て来る女性に千穂という名が多いが、なにか意識して書いているのかという質問であった。私の初恋の相手は千穂ではなかったが、私の初期の作品に出て来る女性に千穂という名前をつけて見たところが、十六、七歳のころ別れたままになっている初恋の女《ひと》の顔が浮んだので、その容姿をそのまま、書いた。初恋の人そのものを書いたのではなく、容姿をその女に似せて書いたのである。

以後、作中の人物として、よく千穂の名を使ったが、性質はすべて違っている筈である。特に初恋の女を意識したのは最初だけであとは、千穂という名前が好きだから書いたに過ぎない。

同じように悪役の名として、私の小説に何回も出て来る男の名前がある。この名前を最初に使ったときは、雪の別れのとき、私を殴って私の左の耳の付根をはがした男の顔を想像して書いた。以後ちょいちょいこの名前を使うが、人間は書き分けているつもりだ。故郷へ講演に行ったら、既に故人となったその男の甥というのが、色紙を持って楽屋を訪れ、私の伯父さんとあなたとは仲善しであったそうだから、これになにか書いて下さいと云った。その色紙になんと書いたか覚えてはいないが、妙な気持で書いた色紙だったことだけは事実である。

ジャーナリストは小説にやたらに形容詞をつけたがる。曰く風俗小説、曰く事件小説、曰く社会小説、曰くエロ小説、曰く何々と……。そして私が山のことを主題として小説を書くと山岳小説という。しかし、いままでかつて、後悔小説とか悔恨小説とかいう言葉を聞いたことはない。過去に対する追憶から発した悔恨が小説のテーマとなる場合もあり、それらしきものを読んだことがあるが、後悔小説だとか悔恨小説などという言葉が出ないのは、語呂が悪いからだろう。云わば私小説の中に入ってしまうからであろう。

私は、私自身のことをあまり書いてはいない。私小説的傾向のものを特に避けていたのではなく、なんとなく書くことが恥かしかったからであろう。しかし、作家である以上、一度は自分を自分の筆で書かねばならない。作家仲間では、これを毒を吐くと呼んでいるが、そろそろ毒を吐く年齢に近づいたような気がする。そうなった場合、私のその小説は、多分に悔恨的傾向を帯びて来るに違いない。

私は比較的平凡なというよりも平板な道を歩いて来た。そのこと自体が一つの悔いであり、悔いを悔いながら歩く人間が、小説のテーマになるかも知れない。しかし、よくよく考えて見ると、毒を吐くにしては、私の人生には毒は少な過ぎた。吐きようにも毒はない。そうかと云って薬もあろう筈がない。だが、初めに書いたように、子供のころからの断片的な思い出をつなぎ合わせたら、なにかが出来上るだろう。それが毒を吐くことなら、吐いてもいいと思っている。

私はこの原稿の中で、思い出が小説としてどのように生かされるかを書こうと思っていたが、充分書き尽せないうちに、予定枚数が来てしまった。おそらく、この原稿が一か月後に活字になったとき、私はしまったと思うだろう。こうは書かずに、ああ書くべきだったと気がついて後悔するに違いない。そう分っていても、いまこの原稿を書いている私には、この原稿を棄てて、別のものを書くつもりはない。なぜならば、いまはこれはこれでいいのだと思っているからである。私はお目出たい人間かもしれない。

（「潮」一九七一年九月）

私の教師論、文学論

「聖職の碑」と長野の教育的土壌

長野県木曽郡と上伊那郡の境に中央アルプスという山脈が走っています。三千メートル近い山々が連なり、それは見事なものです。主峰は二千九百五十六メートルの駒ヶ岳で、南アルプスの甲斐駒ヶ岳（二千九百六十六メートル）にたいして、伊那駒ヶ岳とも、木曽駒ヶ岳とも呼ばれています。伊那谷の側には、伊那市や駒ヶ根市などの市や、辰野、箕輪《みのわ》、南箕輪などの町村があり、これらの市や町をつないで天竜川が流れています。

大正二年（一九一三年）八月二十六日、駒ヶ岳登山中の中箕輪尋常高等小学校高等科二年（いまの中学二年生）の生徒たち三十七名が、突然襲って来た台風に遭難し、引率者の一人赤羽長重校長を含めて十一名が死んだという事件がおこりました。私は最近この遭難事件を題材に『聖職の碑《いしぶみ》』という作品を講談社から出版しましたが、この作品をめぐっていくつかの話をしましょう。じつは、作品の題でもおわかりでしょうが、私は悲惨な遭難事件を書こうとしたのではありません。この事件を調べれば調べるほどはっきりと浮き出してくる教師たちの像を通して、私の教師像＝教育像を書きたいと思ったのです。もちろん、登山ということについての考え方でも、福田宏年さんが『波』での書評で書かれているように数多く教えられることはありますが、いまはその主なねらいを中心にして話をしましょう。

『聖職の碑』のあとがき「取材記・筆を執るまで」にも書いておきましたが、私の故郷の諏訪と伊那とはすぐ隣で、私は子どものころからこの事件の話はよく聞いて知っていました。子どものころは、高等科二年の生徒が死んだ、そして先生も死んだというただ悲惨な話として聞いておりましたが、やがてそれが、最後まで先生が子どもたちの面倒をみながら亡くなられたということを知ってからは、一度その真相がどういうものだったのか調べてみたいという気持ちになり、以来ずっとその気持ちはあったわけです。とくに小説を書くようになってからはそれが強くなり、じつは、もう二十年ほど前になりますが、この話を題材にして短編を書いたことがあります。その題名はたしか「風よ哭《な》け」で、小学館から出ていた中学生向けの雑誌でした。それ以来もっとしっかり調べて本格的に書いてみたいと思っておりましたが、いよいよ今度、現地調査もし大勢の人たちにも会い、そして書き上げたわけです。

実際にその調査の核心に入ったのは一年くらい前でして、書こうと決めてからもすでにぼつぼつ資料は集め、読んで調べてはいました。

御存知でしょうが長野は教育県といわれています。その中でも伊那というところは長野県の教育の中心で、早くから非常に熱心な教育がされていました。かつて「教員赤化事件」というのがあって大問題はなったことがありますが、こうした事件が発生したのもやはり伊那でした。つまり早くから、上から押しつけられた教育方法、理念をうのみにするのでなく、子どもの発達や実態にそくした教育が進んでいたために、物事を純粋に考える土地柄になっていたわけで、これは伊那だけではなく長野県全体についてもいえることだと思います。

純粋にものを考えるという根本は、教育の面では子どもを本当に可愛がるということでした。話はちょっと跳びますが、私の卒業した諏訪中学では、当時（昭和の初めころ）、一番、二番という人たちがみな師範学校へ行くのです。私は昭和五年（一九三〇年）に中学を卒業したのですが、当時の長野県では、中学校の一番、二番という、もう当然一高、東大へ進むことのできるような人が、大勢師範学校へ進んでいったわけです。教育の重要さを認識していたのと同時に、自ら進んで教育の現場に入ることに誇りをもっていましたし、まわりの人たちもまた先生という職業を非常に尊敬していました。

一流大学を出てエリート社員になったり、学者になったり、政治家になったり、いろいろ方向はあるでしょうが、しかしそういうもの以上に郷土の教師になることが非常に名誉なことだったのです。したがって先生たちは生徒を教えるということに大きな自信を持っていましたし、そして生徒もまた先生のいうことをよくきくということでした。今にいたるも長野が教育県だといわれるのはそうした根があったからだと思います。

教師と生徒の心構えというか、そこで一番大事なことは先生が本気になって子どもたちを可愛がるということなのです。その可愛がるというのは、ただ頭をなでるというのではなくて、将来のことを思って、時にはぶんなぐることもすれば、なでることもする、とにかく心から将来のことを思って必要なことをし、教え、そして実行させるということです。

そういうところに「駒ヶ岳遭難事件」が起こったのです。

ちょうどこのころ、長野県に武者小路実篤や志賀直哉氏らの出していた雑誌『白樺』が大量に普及され、長野の若い教師たちはその影響下でこれを教育思想としても受けとめ、人間の個性を尊重する「理想主義教育」というものを進めていました。一方、「ニギリキン教育」というとちょっとわかりにくいですが、生徒を、物事に実際にあたらせ苦労もさせながら教育をしてゆこうとする、「ニギリキン教育」よりもう一歩先へ進んでいる「実践主義教育」という、もう一つの教育方法の流れもありました。私は「駒ヶ岳遭難事件」をこの二つの教育方法の谷間に起こった事件だったということが出来ると思いました。そしてそれは現代と非常に似ているような気がします。

つまり、現在は一種の「理想主義教育」です。いわゆる自由主義教育がそうです。それに対してやはり現在でも実践主義の教育も底流としてあります。この二つの間でもいろいろ問題があるのではないかと思うのです。たとえば、これは私は教師ではないから直接体験をしたわけではありませんが、いろいろな人から聞いたり、書物を読んだりするなかで知った事ですが、最近の先生の中には修学旅行というのを非常に嫌う先生が出て来たそうです。運動会などもやめようじゃないかという学校もあるようです。つまり、先生が修学旅行とか、マラソンだとかやって、もし子どもたちが怪我をしたり事故が起きたらたいへんだということを真っ先に考えて、そしてそういうことはやめて、学校だけのこと、校内だけのことにしようという考えの人が多くなったということを聞いています。

生徒の身を考えることは非常に立派だと思いますけれども、そういうことにすれば子どもたちがもやし的な存在になってしまい、あるいは温室育ちになってしまって、子どもの時代にどうしても教えておかなければいけない困難に立ち向かう気持ちとか、競争ということはいろいろ問題があるかも知れませんが、とにかくある意味では自分自身の春春も一つの競争によって鍛えられるわけです。そうした人間本来の一番大事なことを忘れることになりかねないのです。そういう点で現在もやはり実践教育ということは必要だし、子どもに体験させるということは必要だと思います。大正二年に起きたこの事件と、現代の世相というものはそっくりそのままではないけれども、似かよった点があるのではないかというようなことを考えているわけです。以上のようなことが、私がこの作品に力を入れて書いた一つの原動力になったといえるかもしれません。

二つの教育方法の谷間に生まれた駒ヶ岳遭難事件

事件と私の作品とに即してこれを見てみますと、中箕輪尋常高等小学校にも『白樺』派の理想主義教育の影響がはいり、若い教師の幾人かと、有賀喜一という次席訓導なども『白樺』を創刊号から読み、「理想主義教育」の実践をはじめていました。これに対して校長の赤羽長重は「実践主義教育」の流れをくむ人で、例年おこなっていた駒ヶ岳修学旅行登山をその年もやろうとしていました。先生が子どもたちの先に立ってやってみせるということは大事なことだと思います。子どもは何といっても先生のやっていることを真似ます。ですから勉強も大事ですが、行動力といいますか、行動の見本というものを先生が示すことが非常に大事だと思います。それは広い意味ではいろいろあると思います。庭で花をつくるのも一つの行動だし、山へ登るのも小さな人生を歩ませる、苦労もあり、時間もかかることですが、それだけに得るものが非常に大きいわけです。そういうところに赤羽校長は教育的意味を見て、その年も駒ヶ岳登山を実行しようとしたわけです。ところが、こんどは有賀喜一を初め「理想主義教育」を信奉する人たちのあいだから強い反対が出たのです。職員会議などでも〝体力のない幼い生徒を危険な山に登らせるのは無謀だ〟という、強い発言を有賀喜一はしたほどです。それにもかかわらず赤羽校長は自分の教育信念に立って登山をさせようとします。生徒たちを守る役目も含めて青年会員を一緒に山に登らないかと誘います。装具や食糧品なども充分に用意をさせます。

ところが万全を期したにもかかわらず、突然襲って来た台風のために遭難が発生し、十名も死なせ、赤羽校長も救助隊が到着したその場で息をひきとってしまいます。普通ならこういう事件は〝不祥事〟とされますが、伊那教育会は赤羽校長が残した遭難事件を単なる遭難＝不祥事として終わらせずにそれをそのまま教育に使って六十年後の現在にまで及んでいるのです。私はそれにすっかり感心してしまったのです。

いま、駒ヶ岳の山頂にこの遭難の碑があります。こういう場合一般的には「遭難慰霊碑」とし、亡くなった人々は「殉難者」もしくは「若くして逝った人々」とでもされるものですが、この碑は「遭難記念碑」と刻まれ、「大正二年八月二十六日、中箕輪尋常高等小学校長赤羽長重君は修学旅行のため児童を引率して登山し、翌二十七日暴風雨に遭って終に死す」と碑文にあるのです。そしてその左には遭難死した生徒たちの名がほってありますが、かれらは「赤羽校長と共に殪《たお》れた人たち」という意味で、「共殪者《きょうえいしゃ》」と刻まれています。しかも、一切の責任は負うと宣言するかのように一段と大きな文字で「上伊那郡教育会」の名が刻み込まれていたのです。「この碑の陰には何かが秘められている」と実物を見ながら私は思いました。活字を読んだり、人の話を聞いたりしていた時には抱かなかった疑問です。つまり、赤羽校長の教育者としての精神を学んで、受け継いでゆくという宣言なのですね。さきほどもいいましたが、普通だったら遭難を起こしたなんて恥ずかしいことだといって隠し、若くして死んだ人たちに申しわけないといって慰霊碑を建てるのですが、まず赤羽校長の教育者としての精神をたたえているところが感心するところです。

しかし、遭難するからには原因があります。当時の気象学から考えて、駒ヶ岳登山中に猛烈な台風が襲ってくるということが予測できたかどうかを調べてみました。私も気象台に長い間いましたからこの点、調べるのはそうむずかしくはありませんでした。当時の技術ではこの台風を予測することは出来ませんでした。赤羽校長も天候のことは非常に心配し、登山出発直前に測候所に問い合わせていますが心配はないといわれています。しかし、天気が予測出来なかったから不可抗力の遭難だったかといえばそうではありません。たとえば案内者を連れて行かなかったことだとか、下見が不足で、頂上の小屋が壊れていることがわからなかったことだとか——私が「理想主義教育」と「実践主義教育」の谷間でおこった遭難だといったのはこのことかかわりがあるのです。つまり、教師集団の意見が一つにまとまっていないために村役場に予算要求を強く出せず、金をともなう案内者などはつけられなかったのです——このことが遭難の原因の一つになっています。そうした原因をすべてはっきりさせ、全部反省してそれを補っていまの登山はやられています。

最近、私の本にも出て来ます土橋寛一郎氏という案内の先生から手紙が来ましたけれども、今年もすでにマラソンを始めたと書いてありました。八月に行くのにもうマラソンをやっているわけです。また、上伊那教育会編・発行の『西駒ケ岳登山案内』という本が出されていますが、これには四項目からなるみごとに要約された「登山の目的」が示され、また、最近おこなわれている登山について土橋氏から聞いたのですが、およそ九段階にわけて周到な準備がされているのです。中学二年になると同時に登山のための体づくりをし、グループを編成し、全員に大正二年の遭難記録や『西駒ケ岳登山案内』を読ませ、下見登山や案内人をつけることも保障し、マムシの血清を持った医師まで同行するということになっています。教育とは科学であるという考え方がみごとに実ったということでしょうね。

ころんでもただでは起きないということがよくいわれます。まさにこの場合はそれを実践したわけです。最初赤羽校長はころびました。しかし、これに続く者たちがみごとに大きなものをつかんで立ち上がり、六十年の歴史を残したということです。何度もいいますが、普通は転んだことは隠してしまうのに、これをはっきり転んだといい、堂々と記念して遭難記念碑を建て、その事実をもとにしてずっと教育を進めて来たのです。教育によらず何事にも過ちはあります。しかし、過ちを隠してその原因を明らかにすることを避けずに、失敗したことをはっきりと言明し、原因を取り除くことに努力を払ったところに大きな意義が出て来たのです。そこに科学的教育の根幹があるような気がしました。人間一人の成長、政党のような組織の場合も同じようなことがいえるのではないでしょうか。

使命感につらぬかれた教育実践

次に作品の後半の主要人物の有賀喜一のことです。「遭難記念碑」というこれまでに例のない碑を建てるためにだれが奔走したか私にはなかなかわかりませんでした。あっちこっち調べていますと、とにかく誰かがいたということはわかるのですが、なにしろ、六十年以上もたっていますからはっきり誰がやったということが分らないのです。ところが、偶然私の同窓生の一人から〝君の捜しているのは私の父のことではないか〟という電話がありました。その人は有賀喜一の息子で、やはり父親のあとをついで教師になっていましたが、喜一は山で遭難こそしなかったが事後処理のため苦労し遭難碑の建てられた大正三年八月に死んだというのです。

この人は歌を作っていましたが、その中に、

世の人の怒りに耐へて病みつつも事の収拾に身をつくしけむ

と、母から聞いた父の姿を歌ったものや、父の奉職した同じ学校の職員室で古い資料の中に父の名を見出して

秘めしことを果す思ひに今宵見し記録の中の父の名「喜一」

という歌がありました。

つまり、実践主義の教育を進めようとした赤羽校長に〝暴挙だ〟と一番強く反対した喜一が、赤羽校長とあと二人の先生の姿をみて理屈ではなしに人間の感情としてうたれ、あとに碑を残そうとしたこと。この先生たちの子どもへの愛情、教師としての姿に喜一は感動したわけです。それで結局自分の反対した相手の後始末をやって、無理をし病気を昂進させ、ついに死んでいったのです。

方法は違っても、教師とは何ぞや、正しい意味で聖職とは何ぞやと喜一も考えていたのです。この人がみつかってからは、あとはすらすら書けました。

調査のために会った人はそれこそ数えきれませんが、たとえばタクシーを使えば、運転手に必ずそのことを聞きました。伊那市出身の人は一人残らず駒ヶ岳に登っています。そして山の思い出を訊くと、よかったよかったというのです。とにかく中学の思い出というのは山以外に

ないのではないでしょうかとまで語るのです。春からマラソンをやって、砂袋をしょわされて、経ヶ岳に予備登山をやって、いよいよ本登山をやる。それから帰ったときの感激、それから初めて高い山の自然の美しさに接したときの感動、そういうものが非常に強くて、生涯忘れられないものになったのでしょう。これは私が会った人たちみんなの共通した感想でした。それに郷土への愛情といったものもこの登山によって非常に強く出していることでした。こういうことは大事なことだと思います。教材も得られますし、何よりも大きなことをみんなで一緒になってやりとげるということで、いくつか班をつくって、班でお互いに弱った人の世話やきをやってかばい合うといったことなどは、実に科学的です。科学的というよりも全部長い間の体験によって築き上げたやり方なのです。これが本当の教育ではないでしょうか。子どもたちに自分たちの力だけであいう体験をさせるというのですから、郷土にある山というものを巧みに教育に生かしたことで、教育とは何かということをよくも六十年前の先生たちが知っていたのだなと感心しました。しかもそれをあとに残った先生たちがちゃんとその後を追っていっているという点、それが感動を呼びますね。

　事件後、今の放任教育のことを気分教育といっていましたが、中箕輪の場合もこの気分教育が長いこと続きました。一般的に長野県では四、五年続いたようです。私なども気分教育の影響を多少受けています。

当時の気分教育というのは、絵の好きな先生だったら朝から晩まで絵ばかりかかせるというわけで、先生、山へ行こうじゃないかといえばようしといって山へばっかり行くし、先生駆けっこしようじゃないかといえば体操ばかりやっているし、先生本読んでくれないかといえば一日中本を読んでいるという、そういう教育だったのです。子どもを大事にするということはありますけれども、少々方向がずれていったわけです。そして子どもの言うなりになってしまった。それが戦後の放任主義というのとよく似ていると思うのです。これはある意味では非常に危険なことです。自己というものが確立されていない幼い世代を放ったらかしておくと、これはどうしても野獣化してしまう。基礎的学力や科学的なものの考え方、さらには社会生活のあり方といったものはやはりきちんとしなければいけないと思います。

それから赤羽校長のやっている実践主義というのは、いわゆる軍国主義教育ではないのです。あくまでも教育的実践主義、つまり教育というのは実践によって得るものだというものなのです。ところが時代がたつに従って軍国主義の方向へねじまげられていった面もあるんですね。

そしてしめくくりとして私のいいたかったことは聖職ということです。聖職とはいったい何なのだろうかということです。これは共産党が教師論を展開していらい、いろいろ問題になったことですが、私は最初この作品に「聖職の人」という題をつけようと思ったのです。ところが「聖職論」で大分騒がれていましたので「聖職」という言葉を使わない方がいいじゃないかという意向の人もあったのです。しかし私はやはり「聖職」という言葉をどうしても使いたいと思いました。「人」の代わりに「碑」を入れてこうなったわけです。やはり「聖職」というのはいい言葉で、教師というのは実際聖職だと思うのです。ただし本当に聖職として誇ることができる先生が、現在の先生すべてかというと、そうでもないように思います。

どちらかというと数は少ないのではないかという感じがします。しかしやはり教師は聖職であるという方向に行かなければいけないのではないかと思います。というのは次の日本を背負う人間というのは、誰がつくるかというと、先生しかないと思います。先生が一番大きな影響力を及ぼすわけです。当時の長野県の若い人たちがみんなが先生になりたがっていたというのは、われこそ、人柱たらんという気魄のようなものを持っていたのでしょうね。教師になった人の家というのは大体土地の素封家の息子さんが多くて、教師の収入だけを当てにしないでもいいような人でした。そういう人ばかりではありませんでしたが、概してその傾向がありました。生活も比較的安定していたから聖職としての仕事もできたというのは考え過ぎでしょうか。今は生活ということも大事ですから、自分の生活を無視して教育に熱中することはできないでしょうし、その辺が非常にむずかしいところでしょう。しかし子どもたちを愛して教育するという聖職の理論というものは、時代がどう変わってもやはり変わらないのではないかと思います。一つの仕事に対する使命感のようなものが確実に果たされた場合、そういう時に初めて世の中というのは平和と同時に向上があるのではないでしょうか。またそういう世の中にしていかなければいけないと思います。

真実の追求が文学の基礎

私は直木賞をもらってから二十年になりますが、ペンを持つ職業なのでマスコミにある程度迎合しないと生きて行けないもので、ずい分乱暴な仕事もしましたが、私の中で常に、私自身に向って囁《ささや》いている声は「真実をつかんでそれを小説に書け」ということでした。

文学というのはまず真実をつかんで、それを芸術的に昇華するものだというのが私自身でつくった定義です。だから真実をつかむということに私は非常に時間を費すものですから寡筆の作家になってしまったわけです。しかし自分ではそれでよかったと思っています。真実を追求しているうちにその中にいろいろな文学的に昇華すべき問題が出てくるわけです。それを書きあげるのです。だから真実を追求していっても芸術的昇華が行なわれるような状態にならないで、そのまま終わったという作品もずい分あります。また予期以上にすばらしいものがあったということもあります。そういうものはより以上に丁寧にタネを時間をかけて集めて取材して書くわけで、今のところ一年一作主義をとっています。実際に一つの作品を書くのに一年くらい没頭してやらないといいものは書けないということです。

文学には美しさもあり反面、醜さもありますが、芸術ですから、真と善と美というものが十分に求められて、その場合に文学的昇華をとげるわけです。醜い部分だけを誇張しても、それはやはりアブノーマルな、不完全な作品になってしまいます。真と善と美がバランスとれたものというのは非常にいい作品になるのではないでしょうか。今度の「聖職の碑」などもこの真、善、美というものが非常によく調和がとれたと思います。またその調和をとるためにいろいろ苦労をしたわけです。すでに亡くなった人がその時どういう気持ちだったか、どんなことを話したかというようなことを知ることはできません。

自分の頭の中でその人を生かして、邂逅し、どういう考えかも語らせて、ストーリーをつくりあげるわけです。それが私の仕事です。そういう過去の人が出てきて語ったり、泣いたり、笑ったりするようになれば、その小説は成功と言えるでしょう。作品に臨場感と真実感が出て来て、読者をしてその渦中に引っ張りこんでしまうのです。たとえば今度の「聖職の碑」の場合もその時の気象を非常にくわしく書きました。気象状態によってその人の心の動きだとか、会話だとか行動が生きてくるわけです。

今本は高価です。なけなしのお小遣いで本を買う人々は、やはり買って損をしなかった、買ってよかったという気持ちになって貰いたいし、本を買った人の気持ちを裏切らないような作品を残したいというのが私の今の気持ちですね。私も小説家になる前はかなり乱読しましたが、買って損したという気持ちになって、すぐ古本屋へ売ってしまったというような本があります。そういうものは書きたくないと思います。やはり読んだら友だちにもぜひ読めといって渡すような、そういう本を何時までも書き続けたいと思っております。（談）

（「文化評論」一九七六年六月）

伝承話を活字にして残したい

子供のころの私は年寄りから昔話を聞くのが何よりの楽しみだった。当時は既に絵本もあったし、『金の星』、『日本少年』などもあった。にもかかわらず私は、昔話をききたがった。本に書いてあることより真実性があって面白かったからである。私の父方の祖父も、祖母も昔話が上手だった。祖父は晩酌をしながら昔を語った。祖母は、寝物語にお話をしてくれた。

私の書いた小説の中に「武田信玄」があるが、この中の戦争の話には、この祖父から聞いたことが多い。例えば、戦さに出るときはどんな食糧を持って行ったかなどということは、祖父がよく知っていた。

「昔はなぁ兵糧（ひょうろう）は自前持でな、自分の食べ物は自分で持って行ったそうだ。米や味噌なんて重くて持てねぇなぅ。干飯（ほしい）だの、米炒り（こめいり＝焼き米）、蕎麦粉などを背負って戦争へ行ったのだそうだ」。

私の祖父は、その話を祖父から聞き、その祖父もまた彼の祖父から聞いたものである。

「勝頼は、偉い大将だったが、新府（しんぷ）城を韮崎に建てる為に、木曾の木を切り出して、長い道中を、木曾や伊那や諏訪の人たちに引張らせたもんで、みんなに恨みを受けたのだそうだ。民心が離れたっちゅうもんずら」

などと諏訪地方に語り伝えられていたことを話してくれた。

この話など歴史の表面には出て来ない民間伝承であるが、かなり重要な意味を持っている話だった。

＊

私の初期の作品に「山犬物語」がある。江戸時代の末に山犬（日本狼）の狂犬病が全国的に流行し、私の故郷の諏訪も、このために多くの人が被害を受けた。諏訪藩では懸賞金を出して、ヤメェイヌ（病犬）を退治した記録がある。

私はこの記録を種にして、この小説を書いたのではなく、母方の祖父から聞いた話をそのまま書いたのである。祖父は八ケ岳山麓、本郷村乙事（おつこと）の人である。

「ヤマイヌとヤメェイヌとを取っ違えてはいけねえぞ。ヤマイヌは山犬、ヤメェイヌは狂犬病にかかった山犬のことだ。山犬はもともと人間を襲うようなことをする動物ではねえが、狂犬病になると、めったやたらに人に喰いついたものだ。喰いつかれた者は必ず狂水病になって、ひどい死に方をしたものだ」

祖父はそれを見たのではない。祖父の祖父から聞いた話であるが、こまかいことまでよく知っていた。村の人が、狂犬病の山犬を殺した。その夜は、山犬が大挙して襲って来ると言うので、村中総出で、焚火をしながら警戒に当った話など、身にしみて恐ろしく感じた。狂犬が、馬の背を跳び越えた話など、すさまじかった。馬の背に乗っていた男が、鎌をひょいとさし出すと、その鎌に腹を斬られて病犬が死んだという話はスリルに溢れていた。

＊

今から考えると、もっともっと昔話を聞いて置けばよかったなと思う。口から耳へ伝えられるものには実感がそのまま伝達される。このごろ私は祖父のことを思い出し、私自身も孫に昔話をつとめてしてやろうと試みるのだが、孫は私の話よりテレビのほうが面白いらしく、じっとして聞いていてはくれない。私にはそれが悲しいのである。

＊

昔は炉端や炬燵で昔話を聞いた。つまり昔話の場があった。今はそれがない。語り継ぐ時代は過ぎて、活字で残す時代になったと思えば、あきらめもつくけれど、耳から聞いた話はそのまま心に残る。心と心とのつながりとして残る。だから、私の中に現在も尚、父方の祖父母も、母方の祖父母もちゃんと話となって生きている。活字にした場合は、普遍的にその話を残すことはできるけれど、ほんとうの心を伝えることはむずかしい。このごろ盛んに言われているスキンシップというのは、祖父と私との伝承の世界であったかもしれない。

現在の世の中にこの伝承の世界を求めるのは無理である。それは、炉端を作り、テレビ、ラジオを禁止でもしないかぎりできることではない。しかし、いままで伝承されていたものを活字として残すことはできる。

*

日本全国いたるところに、世に知られていない伝承がたくさんある。そういうものをいま活字にして残して置かないと、亡びてしまう。その危険は目の前に迫っている。何百年、いや、さかのぼると何千年前から、語り伝えられていた伝承文化が、突如亡び去ってしまうことは人間として耐えがたいことである。なんとかしなければならない。

（「あしなか」一九七六年八月）

Ⅶ 日々の随想

マロニエ

昔、はやった歌に、パリのマロニエ、銀座の柳という文句がある。いかにも調子がいいから私の頭の中に残っていた。そのマロニエに、去年ヨーロッパへ旅行したときにお目にかかった。マロニエは日本のトチの木とそっくりの木であった。なあんだトチじゃあないか、そんな気持ちで、パリのノートルダム寺院の前のマロニエの並木道で、落ちている実を数個拾って帰って来た。私の家の庭へこの種をまいてみるつもりだった。東京大学の植物学教室に電話をかけて、その素性をたしかめてみると、マロニエとトチはよく似ているけれど、別のものだった。トチにはヤニがつくがマロニエにはヤニがつかないとか、花のかたち、実のかたち、外皮のかたち、葉のかたち、すべて少しずつ違っていた。

発芽させるにはどうしたらいいかと聞いたら、小石川植物園を紹介してくれた。ここの主任の方に聞くと、マロニエの発芽はなかなかむずかしい、東京では小石川植物園に三本あるが、ほかにはたぶんないだろう、ということだった。

私は家に帰って教えられたとおり、マロニエの種をまいた。東京にあまりないし、発芽がむずかしいといわれてから、持ち帰った実が急に貴重なものに見えてきた。庭にまいて発芽を待ったが、いまだに芽が出ない。出入りの植木屋さんに相談したら、ちょっと首をかしげて、その場にしゃがみこむと指で土を掘った。マロニエの実はことごとく腐っていた。

「そりゃね、大学の先生のいったことに間違いはなかったでしょうが、実が腐ったんじゃどうしようもありませんや。私ならそうはやりません。私にまかしてくれたら、ちゃんと芽を出してごらんに入れたのですがね」

それじゃあどうすればよかったのか、と聞いたが、その方法について植木屋さんは語らなかった。

（「毎日新聞」夕刊・一九六二年七月八日）

小さいプレゼント

私は通勤電車内ですわれなくとも、そう苦痛には感じない。立っていることには二つの功《く》徳《どく》がある。けっこういい運動になることと、窓外の景色が見えることである。毎日ながめている景色だから、たいして変わらないようだけれど、実際には、かなりの変化が起こっている。一週間ばかり出張して帰ってくると、沿線での工事は驚くほどの進捗を見せている。

車窓からの目の楽しみになるものはなんといっても植物である。春になると、ウメ、コブシ、モモ、サクラなどが、去年と同じ庭に咲き、バラの季節になるとバラが、真夏になるとダリヤというように、沿線のどこかの家で、目を楽しませてくれるものを用意している。

ずっと前に中央線のある駅で、プラットホームに花を飾ってあった。四ツ谷の駅の土手のツツジは目を見張るように美しかったが、地下鉄工事をしてからだめになった。お茶ノ水駅の川をへだてて対岸のキョウチクトウは今年は元気がないが、数年前、この花が咲きそろった時には、あまりの見事さに、プラットホームでしばらく足をとどめたものだ。お茶ノ水駅の上りプラットホームの神田よりに立って川と反対側を見上げると、石ガキの上に「小さいプレゼント、お茶ノ水駅」と二行に書いた立札が目につく。そのとなりに「七月にひまわりと朝顔が咲きます」とじょうずな字で書いた立札がある。その下を見ると、なるほど、小さいとことわっただけあって、総面積二坪あまりのあき地に草花が植えてある。白ペンキ地に黒字の、ご念のいった立札を立てたのは、見のがされない配慮だろう。国鉄的な、小さいプレゼントに大きな立札だなどと、いいながら見ている人もあるけれど。私は素直な気持で、この小さいプレゼントが花咲く日を一日も早くと、待ちこがれている。

（「毎日新聞」夕刊・一九六三年八月二日）

露おかぬ方もありけり

雷雨の進路はほぼ決っている。

東京を例に取ると、大体関東北部、北西部の山岳地方から発するものが東京を襲う。時間にして、正午を過ぎて、雷雲の兆候を現わし、雷雨となって、はっきり観測されるのは、早くて午後二時頃である。充分に発達して東京都を襲うのには数時間かかるから、実際ピカゴロを聞くのは夕刻となる。

私は午後五時に執務を終る。気象台の門を出る前に観天望気をやる。途中で雨にやられない為である。

北西部方面に濃厚な雲がなければ、吉祥寺の自宅につくまでまず大丈夫、あやしい雲が出ていると思ったならば、レーダー室にいって現象を見ることもある。

気象用レーダーという便利な機械の眼は三〇〇キロまでとどく、東京から富士山までの距離が丁度一〇〇キロあるから、空中に雨雲がないような時は、レーダースコープ上に、シャープな富士山の映像が現われる。映像といっても、テレビのような像ではなく、小豆大の白点となって富士山は画面に固定する。

富士山に限らず、北部山岳からの反射像は全部レーダーに現われている筈であるが、雷雨が発生していれば、それ等の画像がぼけて、そのかわりもやもやとした白いかげが現われる、これが降雨域である。

降雨域の位置から見れば、その速度も大きさも見当つく。途中で道草を食っても大丈夫というだけの時間の予猶も判断できる。

或る民間放送が現況気象放送というのを始めた。このレーダーが大きな役目をしているのだが、評判がよくなく新聞にやめちまえと投書が載った。

お天気の方がじっとしていないから、実況で今雨はないといっても、その後どうなるか分らない。今降っていないから、一、二時間は大丈夫という考えと、自然の動きとのくいちがいであるから、相方に云い分はある筈である。

昨日（七月三十日）五時に仕事を終えて帰るとき、私は例のとおり、私自身の観天望気をやった。最新の気象学やレーダーのような優秀な飛道具に馴らされていても尚且つこうした古風な観測をするのは勤務時間後のほっとした気持から起る私の趣味であって、当ってもはずれても自分だけの問題だからであろう。

立ち雲（積乱雲）が出てはいるが、発達の模様から見るとたいしたことはないと見た。雲の頭が既につぶれている。

途中で用を足して八時半に家へ帰ると庭が濡れていた。休暇でごろごろしている子供達が珍らしく気を利かして打水をしたかと思って聞いて見ると、夕立ちがあったそうだ。

露《つゆ》おかぬ方《かた》もありけり夕立の空より廣き武蔵野の原

これは太田道灌《おおたどうかん》の作である。歌としてはうまくないが気象学的観測としていい歌だと、屢々《しばしば》気象学者が引用する歌である。

濡れた庭を見ながら私の頭に思い出された。

狭いようで広い、広いようで狭いのが東京の気象現象である。途中で道草を食わないで真直ぐ帰ったならば、濡れたかも知れない。私の観天望気も大してあてにはならない。

（「大衆文芸」一九五六年九月）

魚の目退治

魚の目ということばを岩波国語辞典でひいて見たら、足の裏などにできる角質増殖。押すと痛い。形が魚の目に似ているから言う。とでていた。

私の右足の小ゆびに魚の目が出来たのは十年ほど前である。はじめは魚の目ではなく、タコのようなものだった。タコがだんだん固形化し、そのうち痛みを感じ出したから、よくよく見ると、ゴマつぶほどの黒点がその中心にあった。痛いのは、そのゴマのあたりに外力が直角に加わった場合で、たとえば、他人の靴の先がさわった場合など、たいしたことでもないのに飛び上るほど痛いことがあった。気にはなったが、別に命にかかわるわけでもないから、そのままにしておくうちに、黒ゴマはだんだん大きくなり、黒ゴマの周囲にやや透明な固い部分ができて来た。魚の目だと気がついたのはこの時だった。こうなると、靴にふれても痛いし、満員電車の中で、ふまれたり、けられたりした場合思わず悲鳴を上げるほどになった。医者に診て貰ったら、それは切り取るのが一番いい、手術は簡単だが、靴がしばらくはけないから、下駄で通勤するんですねとひとごとのようなことをいう。下駄ばきで通勤も嫌だから、なんとかならないものかと相談したら、一時しのぎならと前おきして売薬を教えてくれた。一種の膏薬でこれを小さく切って、魚の目の上に貼り、その上を絆創膏で固定させて、四日五日放って置くと、たいした痛みもなく魚の目は剝離して、きれいな小ゆびになった。なあんだ医者なんかにかからなくてもいいぢゃないかと、いい気になっているうちに、三日とたたないうちに、その患部の肉がまたむくむくと持ち上った、一月もたつと前よりも大きめな魚の目ができた。なるほど手術して、根こそぎ取らないと、なんべんでも出て来ると医者が云ったのは、このことだと気がついた。それからは、膏薬で剝がした後、風呂に入るたびに軽石で魚の目の母体となるタコをけずり取ることにした。しばらくはこれでよかったが、そのうちに軽石でこすっていても痛いからよく見ると、妙にひらべったい、しこりができ魚の目は、はっきり見えないが、どうやら、そのひらべったいしこりの底にかくれているように思われた。そのうちまた靴がはけなくなった。

それまでの経験で私が知り得たことは、魚の目という奴は、刺戟を与えれば必ず頭を持ち上げて来ることで、刺戟をさけるには、下駄をはくか、靴下を幾足も重ねてはくか、そうでなければ、どこにも行かずに家にいるしかないということになった。

とうとう私は魚の目が剝離した直後、そのこゆびに絆創膏を貼る方法を発見した。こうすれば、魚の目の母体となる部分を刺戟しないですむし、処置も簡単である。私は根気よく一ケ月続けた。魚の目はとうとう芽を出して来なかった。ところが、右足の魚の目が発達をあきらめたと推定される頃から、左足の小ゆびの外側に痛みを感ずるようになった。もともと左足のこゆびにも前からタコができていたが、痛みを感じたことはなかった。拡大鏡で見ると、やはり針の先でついたような黒ゴマの芯があった。右足の魚の目を押さえつけたら、左足に出て来たということが、あまりにもおかしなことなので、私はしばらくそのままに放って置くことにした。その頃、私の学友が、火山の相対的活動という論文を書いた。活動期にある火山活動は群活動として見なすべきもので、一火山が活動を閉塞すると、関連火山のうちどれかが活動を開始するという内容の論文だった。私の右足の小ゆびと左足の小ゆびが、火山活動のように関連があるかないかについての医学的な説明はつけられないままに、私は連休の谷川に出かけていった。今年の五月のことである。

左足の小ゆびが登山靴にふれることはふれるが、靴下を三枚穿いているからたいしたことはないとたかをくくっていた。それがいけなかった。帰途雪解け水で増水した川の一本橋を渡ろうとしたとき、それまで、たいしたこともなかった、左足の小ゆびに刺戟性の痛みを感じた。おそらくこの丸木橋渡りでひどく緊張した私の全神経の末端としての魚の目の神経が活動したのに違いないが、左足の小ゆびが痛いなと思ったとたんに私はバランスをくずして、零度に近い川の中へ転落した、幸い怪我はなかったが、そのつめたいことと云ったら、気が遠くなるほどだった。同行五人のうち、二人は若い女性であった。女性のいるところで下着まで取りかえねばならないしまつとなったが、その時は恥しくもなんともなかった。東京は春だが、山はまだ冬、ぐずぐずしていたら凍傷をも起しかねない。あとで、みんなにさんざんからかわれた。いい、おとしですねと云われた。おとしですねと云われるほど私はとしを取ってはいないのに、そう云われるのは心外だった。だが、左足の小ゆびの魚の目のせいだなんていうこともできなかった。原因は明らかにそうなんだが、そんなことを云ったって誰も信用してはくれないと思ったから黙っていた。同行の女性が気の毒がって私の荷物を全部背負ってくれた。女性に荷物を背負って貰うなんておれも落ぶれたものだと思うと、そのような破目に追いこんだ左足の魚の目が憎くなった。

私は家へ帰ったその晩から、左足の魚の目退治をはじめた。いつも貼る膏薬の倍ほどの面積のあるのを左足の小ゆびに貼って、絆創膏でぐるぐる巻きにした。今度こそ、この魚の目を死刑にするつもりだった。おそらく、この魚の目はただのしろものではないから、左を死刑にすれば、必ず右足の小ゆびに生きかえって来るに違いない。その手には乗らないぞ。私は右足の小ゆびにも伴創膏でぐるぐる巻きにしてその出口をふさいだ。ざまあ見やがれという気持だった。間もなく、左足の小ゆびの魚の目は落ちた。そのあとに摩擦防止の絆創膏を右足のそれと一緒に二ケ月間つづけて張った。

七月になったが、魚の目はもうどこからも出て来る気配はなくなった。私は絆創膏を取った。一週間、二週間いつものように、痒いようなうずきとともに頭を持上げて来る魚の目の母体はとうとう現われて来なかった。

私は魚の目に勝った。十年の戦いの末にとうとう、頑固な敵をほろぼし得たことで快哉を呼んでいた。

八月になった。或る夜、夕刊を開いたが眼がかすんでよく読めない。電灯が暗いのかと家人に訊ねたが、別にそうでもないらしい。私は満五十二才であるが、ものすごく眼がいい。神田橋からニコライ堂のてっぺんにとまっている鳥がカラスかハトかを見分けることだってできた。眼鏡なんか考えたこともなかった私が、眼科医に老眼の前兆だと宣告されたときは足元がぐらぐらした。ほんとうですか、一時的なものではないでしょうかと、反問しながら、ふと私は両足の小ゆびがうずくのを感じた。

魚の目と私の眼とはなんの関係もない。魚の目をいじめたからと云って、私の眼に来るわけがない。老化現象は眼よりも歯から先に来るものだと戸川幸夫氏から聞いていた。彼の説によると、歯・目・ちんと来るのだそうだ。歯が全然異常ない私が眼の悪くなる筈がない、目の次はちんだとすれば、これはたいへんなことだ。

私は足の小ゆびの魚の目に対してもう少し寛容であるべきだったのかも知れない。今度出て来たらいじめないで可愛がってやるつもりだ。眼鏡を掛けたりはずしたりなどのわずらわしさにくらべたら魚の目なんかたいした痛痒事ではない。

（「大衆文芸」一九六三年十月）

真鴨

私の散歩のコースは決まっている。吉祥寺北町の自宅を出て、杉並区の善福寺公園、練馬区の関町、立野町とぐるっとひとまわりして来る約五キロくらいの道である。この六年間、毎日毎日この散歩道を歩き続けている間には、周辺の風物もずいぶんと変わった。一番変わりばえのしないのは私かもしれない。

＊

私がこの散歩道で一番興味を持っているのは善福寺公園の自然である。池を一周するのに十分とはかからない小さい公園だが、わたしにとってはたいへんな貴重な存在である。この池には家鴨《あひる》がいる。六年前に私が散歩をはじめたころは、貸しボート場の人たちが餌《え》を与えていた。そのころはだいたい十羽ぐらいの家鴨がいて、一団となって池を泳ぎ回っていた。そのボート場にいた人たちが次々と交代して、定期的に餌をやらないようになっても、捨て家鴨が絶えないのでいっこうに数は減らない。現在は十数羽いる。人が餌をやっていたころは、家鴨は一群となって行動していたが、今ではばらばらになって、それぞれ勝手に、公園に来る人たちに餌をねだっている。

善福寺の池には人造島が二つあって、以前はこの島が家鴨のねぐらであったが、最近はこの島を嫌って、池の周囲で夜を過ごすようになった。なぜこうなったかわからない。暑い間は夜になっても、公園の中に若い人たちがいるので、夜の散歩は遠慮しているが、冬はそういうことがないのでごくまれには夜おそくなって、池を一周することがある。池の端に数グループに分かれて、身体を寄せ合っている家鴨は、私の足音を聞くとすぐ池にのがれる。夜になると警戒心が強くなるようである。

土曜、日曜、祭日には公園を訪れる人が多いので、家鴨たちは充分な御馳走《ごちそう》にあずかることができる。日曜日の午後になると飽食した家鴨は次々と島へ上がってしまう。こういう夜はそのまま島で寝てしまうようである。

＊

善福寺の池には家鴨のほかに、この池に住みついてしまった真鴨《まがも》のカップルがいた。どうしたわけか、このカップルは他の真鴨のように春になってもここを去ろうとはせず、ほとんど家鴨と同じような生活をしていた。

この真鴨のカップルの間にヒヨコができたのは一昨年であった。八月のある日、鶏のヒヨコぐらいの大きさの雛鳥《ひなどり》を二羽連れて真鴨の親鳥が遊泳していた。元気のいい雛で、人をおそれないから、もしものことがあったらと、内心はらはらしていた。公園に来る子供の中には動物と見れば石を投げる子がいた。子供だけではなく、木陰に自動車を止めて休んでいる若い男たちの中にも、石を投げる者がいた。しかし、この真鴨の二羽のヒヨコは傷つくことなく成長して、十月ころになると、親鳥と見分けがつかないようになった。

そして十二月になった。どこからか真鴨の集団がやって来て池は急ににぎやかになった。この池で育った真鴨がどれであるか、もう見分けることができなくなった。

雪が降ったり、池に氷が張ったりすると人が来なくなる。そういう時に、散歩すると、家鴨が餌を求めて近づいて来る。その家鴨に交って近づいて来る数羽の真鴨のうちの二羽がこの池で育ったのであることは間違いなかった。

＊

昨年の夏のある日曜日だった。子供たちが池の端で騒いでいるので、ひょいとのぞくと、真鴨がたくさんのヒヨコを引きつれて、葦《あし》の中を遊泳していた。数えてみると九羽いた。どれも元気だった。一昨年と同じように、この池に住みついている真鴨が池の中の島で雛をかえしたのである。私はうまくゆくと今年もと大いにその成長を期待した。私はその翌日から三日ばかり東京を離れた。帰って来てすぐ池へ行って見たが、雛を連れた真鴨は見えなかった。見落としたかと思って、午後遅くなってもう一度行って見たがいない。結局、九羽の雛は一度だけ私に顔を見せただけで消えてしまったのである。

居なくなった原因についてはいろいろと考えられた。そっくり盗《と》られた。一度に死んでしまった。あるいは何羽かが盗られて、何羽かが死んだのかも知れない。夏のころから池の水の汚れがひどくなって、水の取り入れ口付近で、鯉や鮒《ふな》があっぷあっぷやっているのを見かけるのは珍しくはなかった。善福寺池の水は千川の水を引きこんである。千川の水が汚れればこの池の水も汚れるのは当然である、この二、三年の間に汚れが目立って来て、葦が急速に枯れ出した。

例年ならば、晩秋のころの、風が強い日に散歩すると、葦の穂から飛び立つ羽根のついた種子で、あたりは真っ白くなるのだが、この二、三年その葦の穂さえ見ることはできなくなった。池の中央の蓮《はす》も元気が無くなった。一昨年無事育った真鴨のヒヨコは葦の根子あたりをつっついて水草を食べていた。親鳥もそういう種類のものを与えていた。去年の夏は九羽の雛がかえって、水に乗り出したものの、彼らの食べるべき水草や水苔《みずごけ》が無かったために九羽とも餓死したのかもしれない。
一昨年の夏は善福寺公園のケヤキの葉は夏の間にそっくり葉を落とした。去年も幾分かやられたようだった。ケヤキのみならず、どの植物も一般的に弱っているようである。元気のいいのは池の端の柳だけだ。去年の暮れはずっと暖かだった。十一月の末ころやって来た真鴨の二十羽ほどはその後どこかに飛び去って、年が改まっても帰って来ない。

*

元旦には、朝九時に池へ出掛けた。犬を連れて散歩に来ている人に二組会っただけで、まことに静かだった。家鴨は私の姿を見るとさかんに鳴き立てて餌を求めていた。元旦は暖かだったが、二、三日は寒かった。三日の朝行ってみると、日陰には氷が張っていた。氷が張らないところの池の水は鈍色《にびいろ》に光っていた。
真鴨はこの池に住みついている二羽のカップルのほかには見えない。真鴨たちは汚れた池を見限って、もう来ないかもしれない。

(「読売新聞」一九七二年一月十三日)

入道雲

夏の雲は垂直に発達する性質がある。上昇気流が旺盛だからである。こういう雲を総称して立ち雲と昔から呼んでいる。同じ立ち雲でもいろいろあって、雲の種類の中に、積雲として含まれてしまうものと、積乱雲として、雲の中の横綱扱いをされるものとがある。積乱雲はその高さが一万メートルにも及ぶものがざらにある。南洋方面にいくと実に一万六千メートルなどという偉大なものもある。こういう大きな積乱雲にあったら航空機などひとたまりもない。今のように航空機が発達してもやはり、積乱雲は航空機の敵であることは間違いない。

積乱雲のことは、俗に入道雲と呼んでいる。なんといい名前だろう。ほんとうに大入道という名にぴったりした雲である。大体午前の十一時頃になると、あっちに一つ、こっちに一つと立ち雲が現われて来る。その立ち方が威勢がいいと、午後になってから積乱雲が発生するおそれありと見るべきである。だいたい積乱雲としての性格を表わすのは午後になってからで、ぐんぐんと背が高くなり、その範囲も拡げていく、積乱雲の中心部には上へ向って吹き上げる、ものすごく強い上昇気流があるかと思えば、逆に下降気流もある。この風に待ち上げられたり、吹きさげられたりしているうちに、雲の中にできた氷の結晶を核とする雹《ひょう》がだんだんに大きくなっていって、ついには鶏卵大になることもある。そして、やがて、積乱雲につきものの雷雨となる。

雷はいやだし、夕立ちにやられるとひどい目に会うけれど、遠くから入道雲として眺めている間は天下太平である。青空の中へぐいぐいつき上げていく入道雲の勢いはまことに美しくたくましいものである。

目にまぶし心にすゞしや入道雲　　次郎

（「郵政」一九六四年八月）

スモッグ

スモッグという言葉はそう古くからあったものではない。煙（スモーク）と霧（フォッグ）を一緒にして戦後作られたものである。これに似た現象を従来は霞または靄《もや》（ヘイズ）と呼んでいた。スモッグはそのどっちにも当たらない。霞も靄もまったくの自然現象であり、人間が手をかさなくてもできるものだが、スモッグは或る意味では人工によってできたものである。スモッグという言葉の発明者はアメリカ人である。きっと、やりきれなくなってつけたのであろう。

以前は、夕方から朝にかけてだけ起こったが、このごろは一日中都会がこの憂鬱な気体に閉ざされてしまうこともそう珍しくなくなった。もっとも、東京がこのスモッグに解放される日が、年に何回かはある。今年（昭和四十四年）の東京を例に取って見ると、一月元日から三日までほとんど見られなかった。

お正月で企業が煙を上げなかったからである。その次は三月四日、三月十三日と大雪が降った翌朝は、雪というよりも、雪を降らした低気圧の風がスモッグをさらって行ってくれたから、都心から富士山がよく見えた。スモッグのない日は、台風が来た翌日とか、大風が吹いた翌日などであるが、十一月、十二月と暮れが迫ると、スモッグは都会にこびりついて離れなくなる。

いったい、このスモッグはどうしてできるだろうか。気象学的に説明すると、第一にスモッグの核となるべき微塵、煙等が空気中に浮遊していること、第二に風がないこと、そして、第三に気温の逆転現象が起こること、この三つの現象が揃うとスモッグは発生するのである。第一と第二はいいとして第三の気温の逆転とはいかなるものかを説明しよう。気温は上空にいくに従って、低くなるのが普通であるが、朝とか夕方には、地表付近の空気よりも、上層の空気の温度の方が高いことがある。この状態を逆転というのである。大気の構造がこうなると、地上から吐き出される煙や軽い塵埃は上空に昇ることができなくなってしまう。よく煙突から出る煙がしばらく昇ったところで直角に折れて横になびいているのを見かけることがあるが、これも、煙が逆転層をつきぬけられないで横に逃げてしまう現象、つまりその付近の空気をよごしてしまう様子を示すものである。

この上空に逃げて行かずに低い気層でまごまごしている煙や塵埃の微粒子に水蒸気がくっついたものがスモッグである。この逆転現象は一日中で何時ごろがもっとも起きやすいかというと朝と夕方である。日中もあるにはあるが、地表付近の空気が熱せられて上昇するので比較的に少ない。朝と夕がスモッグがもっとも濃いから、都会で散歩するには朝晩やるより日中やるのが一番健康的である。この逆転の層は一つかというとそうではなく、薄い奴、厚い奴、逆転の程度のはげしいのやゆるやかなのがあって、地表面から、数百メートルあたりまでは逆転層が幾重にも重なった状態になって現われる。だから、煙も、それらの幾層もの逆転層を容易につきぬけることができずに、スモッグという形になってしまうのである。

ではどうしたらスモッグをなくせるかというと、答えは至極簡単である。煙を出さねばいいのである。塵埃の微粒子を無制限に放出しなければいいのである。と云っても、人が住んでいる以上それが完全にできないところに都会の憂鬱はある。前にも書いたように、大体逆転層の上限は地上五百メートルぐらいのところにあるから、東京にある煙突という煙突のことごとくを五百メートル以上にしたら、そこから出た煙は一般気流の中に入って、遠くへ運ばれていってしまうから東京の空気はきれいになるだろう。

スモッグと云っても、ところと場所によってはたいへんな悲惨事を起こしかねない。一九三〇年、ベルギーのミューズ渓谷では、濃いスモッグのために六十人が窒息死した。渓谷というよりも峡谷に近いところにスモッグがつめこまれたからである。アメリカのドノラでも、一九四八年に同じようなことが起こって二十人死んだ。ロンドンで千人以上の人が死んだ例がよく引用されるが、あれはスモッグというよりも煙そのものによる窒息死と見るべきではないだろうか。スモッグを遠く離れた山の頂きや、飛行機などから見ると、霞に似てまことに優雅なものではあるが、その中にいる人間にとっては、許すことができないギャングだと考えねばならない。

（「潮」一九六九年六月）

埋もれていた枕崎台風

柳田邦男著『空白の天気図』は送られて来た日に読んでしまった。読み出したら止められなかったのは登場人物のほとんどすべてが知人、友人、或はかつての同僚であったことと、気象庁内部にいた私自身が知らないような隠された事実が多かったからである。

終戦当時満州にいた私は広島に原爆が落された話は、噂程度にしか知らなかったし、四十日後に広島を襲って二千人余の人を殺した枕崎台風のことなど全然知らなかった。昭和二十二年の十月末に帰国して以後、少しずつ耳に入って来たことを綜合しても、『空白の天気図』に書かれたことの百分の一にも当らない。私は帰国後半年ほど、伯父藤原咲平（当時中央気象台長）の家にいた。しかし、広島のことについて伯父は一言も語らなかったし、私も訊こうとしなかった。その後何年か経って広島気象台へ出張したとき、原爆のときのことを初めて耳にしたが、四十日後にやって来た枕崎台風のことは聞かなかった。同業者であるから、お互いに仕事上の愚痴や苦労話や或は自慢話などはしないようにしていたからかもしれない。この本の中には伯父藤原咲平の名がしばしば出て来る。多分、伯父はこの本に書かれているように戦時中、独断専行をやっていたのであろう。私は終戦の年の二月に満州から出張して来て、十日ほど伯父の家に泊っていた。伯父はその前年に会った伯父ではなく、ひどく怒りっぽくなっていた。戦争の成り行きについて質問して頭から怒鳴りつけられた。神田に爆弾が落されたころだった。

この本に出て来る主役の一人である菅原芳生氏とは一緒に富士山頂で生活したことがある。私が昭和二十一年に引揚げて来て中央気象台へ復職してから数年経ったころ、彼もまた広島から東京へ転勤となって、隣りの官舎に住んでいた。戦前の彼を知っている私は、彼が極端に口数が少くなったのに驚いた。会議の席などではあまり発言をしなかった。その理由がなんであるか私には分らなかった。今この本を読むと、彼は中央気象台長藤原咲平の命令によって、原爆を投下された直後の広島へ台長として乗り込み、事後処理に当り、枕崎台風の後仕末もやったのである。彼自らが台長室に旋盤を持ちこんで気象器械の修理に当ったなどということは初耳だった。彼の面目が躍如としている。

おそらく菅原芳生氏はこの重要任務を果すために全能力を傾け尽したのであろう。そう考えると、その後の彼の異常な沈黙が分るような気がする。

『空白の天気図』の著者柳田邦男氏は私が、気象庁測器課長時代にはＮＨＫの報道記者であり、しばしば顔を合わせたことがあった。その後の彼の活躍ぶりは彼が大宅壮一ノンフィクション賞を受賞した『マッハの恐怖』を読んで知ったが、この『空白の天気図』の中に出て来る資料や末尾に掲げてある主要参考資料の一覧表を見て、その猛烈な取材ぶりに驚いた。どうやら彼は気象庁に三十年間もいた私よりも、気象庁内部については詳しいらしい。率直に頭をさげざるを得ない。

(「波」一九七五年十一月)

春乱調

今年の春は異常である。実は、春が異常なのではなく、昨年の冬から今年の春にかけての気候が異常なのであろう。コブシの花と桜がほとんど同時に咲いた。だいたい武蔵野のコブシの開花は年によって多少の差はあるが、桜の開花に先立つこと十日ほどである。コブシが散ってしまってから桜が開花するのが普通である。私は白い花が好きだから、庭にコブシが三本、シロモクレンが一本、そのほかウメとか、アンズとか種々の花がある。ウメは他の花に先立って咲いたが、アンズ、コブシ、シロモクレン、レンギョウ、ツバキなどがいっせいに花を咲かせたから驚いた。サクラは道路の拡張工事の犠牲になったので、私の家にはない。

私は毎日一時間散歩に出歩く。家々の庭に咲く花を眺めるのが楽しみになっている。今年の花の咲き出し方の異常さは同じ種類の花にとっても云える。例年ならば、私の家のコブシは、三本揃って咲くのに、今年はそれぞれの間に三日ほどの差があった。散歩道のコブシを見ても、開花日に随分の差があった。サクラより一日、二日遅れたコブシもあった。驚いたというよりも、今年はなにが起るだろうかと心配だ。

早春に咲くコブシの花は古来から農作物の吉兆をうらなうのに使われている。コブシの花が揃ってたくさん咲く年は豊年である。

コブシの長期予報は意外によく当ると云われている。では今年の庭のコブシの咲き方はどうだろうか。三本のうち一本は見事に咲いた。だが花が例年になく小さい。他の二本は花の付きが悪いが、花の大きさは例年どおりである。このコブシの咲き具合から見ると、今年は凶年(冷害)となるかもしれない。

毎日散歩に行く善福寺公園のサクラを観察すると、今年は例年になくおかしい。三月二十八日には四分か五分咲きだったのが、一週間後の四月四日には八分咲きとなり、満開をためらっているように見えた。そして四月十一日になるとやっと満開。こんなにサクラが長く咲いているのを見たことはない。咲いてから急に寒くなったからであろう。珍しいことだ。

武蔵野では春の花の咲く時期にそれぞれ順序がある。今年のように、乱調になると、なにか天変地異でも起りはしないかと心配になる。

私は信濃の諏訪に生れた。サクラの開花は武蔵野よりだいぶ遅く、四月の二十日ごろになる。このころになると、サクラだけではなく、花という花がいっせいに咲き出す。コブシは早春の花である。山に残雪があるうちに白い花を咲かせる。コブシが咲き出すと、他の花もいっせいに咲き出すのが普通である。

地球が現在異常気象の場に置かれているのだという学者の説はほぼ認められている。あと二、三年は冷夏が続くとも云われている。今年の花の乱調が地球物理学的な影響を受けて起きたものなら、しようがないと我慢できるけれど、一説には、それもあるが、人間が作り出した公害（大気汚染）が、自然界の乱調に拍車をかけているのだとも云われている。こっちの方が恐ろしい。

私は春先きになると、アレルギー性鼻炎に悩まされる。鼻水、くしゃみ、涙の連続で仕事は手につかない。近くの耳鼻咽喉科の御厄介になっている。例年ならば三月に入ってからこの症状が起り、桜が散ると同時に終る。ところが、今年は二月に入って、近年にない激しい鼻水とくしゃみが起り、現在（四月十三日）も続いている。医師の云うには、アレルギー性鼻炎の原因は二十数種類あるけれど、そのもっとも多い原因は、空気の汚濁らしい。昭和二十六年ごろは、アレルギー性鼻炎の患者は少なかったが、そのころから急増して現在にいたっているということである。医師は私に転地をすすめた。

「花の乱調と鼻の乱調……」

とつぶやきながら、医院から自宅へ帰ると、家内が待っていて、

「鼻水ぐらいなんです。気さえしっかりしていれば、仕事はできるはずです。あなたの病名は

ナマケモノ性鼻炎です」

と叱られた。

「そうかもしれないな。しかし、この鼻水とくしゃみのつらさは本人でなければ分らない……」

私はハンカチを出して鼻に当てた。

（「別冊文藝春秋」一九七六年六月）

早歩き散歩

作家は一般的に言って、あまり健康的な生活はしていないらしい。ごくあたり前のことをしていればことさらあなたの健康法などと訊かれることもあるまいのに、こんなことを質問されるのは、私が六十七歳という年齢の割りには比較的元気だから目をつけられたのかもしれない。

私には特に健康法なんてものはない。八時半起床、九時朝食、十時から仕事、午後一時に軽い昼食、一休みして午後二時から、午後五時まで仕事、五時から一時間散歩、夕食後は資料などを読むのに費やし執筆はしないことにしているが、来客などあって時間がつまると十一時頃まではペンを執ることがある。以上が通常の仕事だが、午後からでかけたり、夜は座談会でつぶされるような日がちょいちょいあるし、取材に出かけて、一カ月ぐらい家をあけることがざらにある。去年は六月から七月にかけて約一カ月ポルトガルに取材にでかけ、帰って来たら、マカオへまた一週間ほど取材に行って来た。徳島、長崎、神戸にもでかけた。この他にも日帰りの取材旅行が何回かあった。

家にいるときは、ほぼ、スケジュール通りの生活をしているが、海外の取材旅行となるとそうは行かない。だいたいの日取りは建てられるが、その日、その日の取材はかなり苦しい仕事になる。言葉が通じないこと、食事が違うこと、馴れないうちにホテルが変わることなど数え上げたらきりがない。一日の取材を終わってホテルに帰って風呂に入るとただひたすらに眠りをむさぼるだけである。この眠りがとれるか否かが身体が持つか持たないかに関係して来るから、なるべくよいホテルを選ぶことにしているが、場所によってはそうも行かず、隣室の騒音に悩まされて眠れない一夜を過ごすこともある。一夜だけではなくこんな夜が二晩三晩と続くと神経がとがって来て、忘れっぽくなり、怒りっぽくなり、食欲不振になり、目に見えて痩せて来る。こうなったら早々に取材は打ち切って引き揚げるしかない。

私にとってというよりも作家にとって最も怖いのは眠れない、書けないということである。この二つの関係は有機的にからまっていて、眠れないときは書けなくなり、書けないときはまた眠れない。こういう症状が起こっても尚仕事を続けなければならないから嫌な商売である。

私は如何に不眠が続いても、睡眠剤を用いたことがない。取材中の不眠の原因は過度の疲労にあるから、中止して家に帰ることであり、自宅で執筆中に眠れなくなった場合は、それは書き過ぎだから執筆を止めれば治る。人によっていろいろと違うだろうが、私の場合小説を書くときの疲労度は読書したり、テレビを見たりしている時の三倍ほどになるのではないだろうか。だから夜遅くまで執筆するような日が続くと、必然的に眠れなくなる。では起き出て書けばいいのだが、身心ともに疲労して、原稿に向かっても語彙が浮かんで来ない。ひどいときは一晩中一睡もできないような時がある。私は年に二度か三度はこのようなつらい目に会わされることがある。こうなったら前にも述べたように執筆を止めればよいが、そうもできないときはまず仕事の量を減らし同時に散歩の量を増すようにする。これ以上の薬はない。午前中一時間、午後一時間と二度の散歩をするのである。私の散歩は五キロを一時間で歩く早足散歩だから、不眠症が始まったと思ったら執筆量をひかえ、一日十キロ二時間の散歩を三日続ければどうやら眠れるようになる。こういうことが経験上分かっているのだから、無理な仕事を引き受けねばいいのだが、そこが人間の弱さ、ついなんとかなるだろうと引き受けてひどく苦しむことになるのである。

健康を保つということは、適当な仕事を規則的に持続することであろう。特に健康法なんてものはないし、あってはならないように思う。それでも強いて健康法はと訊かれたら、歩くことと眠ることと答えるのが判におしたような私の答えである。

（「そめとおり」一九八〇年一月・染織新報社）

─新田次郎略年譜─

この年譜は、財団法人新田次郎記念会編『新田次郎文学事典』（新人物往来社）所収の「新田次郎年譜」、『完結版　新田次郎全集』第十一巻（新潮社）所収の「年譜」をもとに、著作を中心にまとめたものです。

一九一二（明治四十五）年　六月六日、長野県上諏訪町（現在の諏訪市）大字上諏訪字角間新田に、父・藤原彦、母・りゑの次男として生まれる。本名藤原寛人。幼年時代は当時上諏訪町長を務めていた祖父藤原光蔵のもとで育てられた。

一九一九（大正八）年　**七歳**　高島尋常高等小学校（現在の諏訪市立高島小学校）入学。

一九二一（大正十）年　**九歳**　父母のもとへ帰る。

一九二五（大正十四）年　**十三歳**　県立諏訪中学校（現在の長野県諏訪清陵高等学校）入学。歴史部を作る。

一九三〇（昭和五）年　**十八歳**　無線電信講習所本科（現在の電気通信大学）入学。

一九三二（昭和七）年　**二十歳**　無線電信講習所卒業。中央気象台（現在の気象庁）に就職。一九三七年まで富士山観測所に勤務（当時は山頂東安河原にあって中央気象台臨時気象観測所。一九三六年、剣ヶ峰に移転し中央気象台富士山頂観測所。一九四九年、富士山観測所、一九五〇年、富士山測候所となり、二〇〇四年、無人化。二〇〇八年、富士山特別地域気象観測所に移行）。

一九三五（昭和十）年　**二十三歳**　電気学校（現在の東京電機大学）卒業。

一九三九（昭和十四）年　**二十七歳**　両角ていと結婚。

一九四〇（昭和十五）年　**二十八歳**　長男正広生まれる。

一九四三（昭和十八）年　**三十一歳**　満州国（現在の中国東北部）観象台に、高層気象課長として、転職。次男正彦生まれる。

一九四五（昭和二十）年　三十三歳　長女咲子生まれる。新京（現在の長春）で終戦を迎える。十月、ソ連軍の捕虜となり、家族と別れて延吉の収容所で二カ月を過ごす。その後中共軍に職を得て一年余の抑留生活を送る。妻ていは三人の子供を連れ、三十八度線を歩いて越えて翌年九月帰国。

一九四六（昭和二十一）年　三十四歳　十月、満州から帰国。中央気象台（一九五六年、気象庁に昇格）に復職する。

一九四九（昭和二十四）年　三十七歳　妻ていが『流れる星は生きている』を刊行。ベストセラーとなる。

一九五一（昭和二十六）年　三十九歳　「強力伝」を「サンデー毎日第四十一回大衆文芸」に応募、現代の部一等に入選。丹羽文雄主宰の「文学者」同人となる。

一九五五（昭和三十）年　四十三歳　田村昌進との共同研究「無線ロボット雨量計」の功績により、運輸大臣賞受賞。九月、処女短篇集『強力伝』（朋文堂）刊行。

一九五六（昭和三十一年）　四十四歳　二月、『強力伝』によって第三十四回（昭和三十年下期）直木賞を受賞。『孤島』（光和堂）、『氷原・鳥人伝』（新潮社）刊行。

一九五七（昭和三十二年）　四十五歳　『算士秘伝』（講談社）、『火山群』（新潮社）、『蒼氷』（講談社）、『吹雪の幻影』（朋文堂）刊行。

一九五八（昭和三十三）年　四十六歳　『慶長大判』（講談社）、『はがね野郎』（講談社）、『風の中の瞳』（東都書房）、『縦走路』（新潮社）、『この子の父は宇宙線』（講談社）刊行。

一九五九（昭和三十四）年　四十七歳　『ひとり旅』（秋元書房）、『海流』（講談社）、『チンネの裁き』（中央公論社）、『黒い顔の男』（新潮社）、『最後の叛乱』（角川書店）、『冬山の掟』（新潮社）刊行。

一九六〇（昭和三十五）年　四十八歳　『絵島の日記』

(講談社)、『岩壁の掟』(新潮社)、『沼』(東都書房)、『青い失速』(講談社)、『永遠のためいき』(新潮社) 刊行。

一九六一 (昭和三十六) 年　四十九歳　七月半ばより三カ月、ヨーロッパの気象測器調査と取材を兼ねて、スイス・フランス・ドイツ・イタリア・イギリスを回る。『隠密海を渡る』(新潮社)、『登りつめた岩壁』(新潮社)、『壷鳴り』(東都書房) 刊行。

一九六二 (昭和三十七年)　五十歳　『温暖前線』(集英社)、『錆びたピッケル』(新潮社)、『風の遺産』(講談社)、『雪に残した3』(新潮社)、『異人斬り』(集英社) 刊行。

一九六三 (昭和三十八) 年　五十一歳　気象庁観測部測器課長として、富士山気象レーダー建設の責任者となる。『道化師の森』(講談社)、『神々の岩壁』(講談社)、『風雪の北鎌尾根』(新潮社) 刊行。

一九六四 (昭和三十九) 年　五十二歳　夏、富士山気象レーダー (一九九九年廃止) 建設工事を成功させる。『かもしかの娘たち』(集英社)、『アルプスの谷アルプスの村』(新潮社)、『梅雨将軍信長』(新潮社)、『消えたシュプール』(講談社) 刊行。

一九六五 (昭和四十) 年　五十三歳　『白い野帳』(朝日新聞社)、『高校一年生』(秋元書房)、『岩壁の九十九時間』(新潮社)、『望郷』(文藝春秋新社) 刊行。

一九六六 (昭和四十一) 年　五十四歳　三月、気象庁を退職。夏、二度目のヨーロッパ旅行。『火の島』(新潮社)、『高校二年生』(秋元書房) 刊行。

一九六七 (昭和四十二) 年　五十五歳　『新田次郎山岳小説シリーズ』(全五巻・新潮社)、『まぼろしの軍師』(人物往来社)、『夜光雲』(講談社)、『富士山頂』(文藝春秋) 刊行。

一九六八 (昭和四十三) 年　五十六歳　『槍ヶ岳開山』(文藝春秋)、『赤い雪崩』(新潮社)、『黒い雪洞』(講談社) 刊行。

一九六九（昭和四十四）年　五十七歳　『ある町の高い煙突』（文藝春秋）、『神通川』（学習研究社）、『孤高の人』（新潮社）、『武田信玄』（風の巻・林の巻、文藝春秋）、『まぼろしの雷鳥』（講談社）刊行。

一九七〇（昭和四十五）年　五十八歳　『三つの嶺』（文藝春秋）、『思い出のともしび』（文藝春秋）、『笛師』（講談社）、『山旅ノート』（山と溪谷社）、『霧の子孫たち』（文藝春秋）刊行。

一九七一（昭和四十六年）年　五十九歳　『赤毛の司天台』（中央公論社）、『東京野郎』（三笠書房）、『芙蓉の人』（文藝春秋）、『武田信玄』（火の巻、文藝春秋）、『八甲田山死の彷徨』（新潮社）、『昭和新山』（文藝春秋）刊行。

一九七二（昭和四十七）年　六十歳　『つぶやき岩の秘密』（新潮社）、『凍った霧の夜に』（毎日新聞社）、『北極光』（二見書房）、『きつね火』（大日本図書）刊行。

一九七三（昭和四十八）年　六十一歳　夏、アラスカへ取材旅行。『栄光の岩壁』（新潮社）、『雪の炎』（光文社）、『六合目の仇討』（広済堂出版）、『武田信玄』（山の巻、文藝春秋）刊行。

一九七四（昭和四十九）年　六十二歳　三月、「武田信玄、ならびに一連の山岳小説に対して」第八回吉川英治文学賞を受賞。六月より一九七六年三月まで『新田次郎全集』（全二十二巻・新潮社）刊行。『怒る富士』（文藝春秋）、『雪のチングルマ』（文藝春秋）、『アラスカ物語』（新潮社）、『富士に死す』（文藝春秋）刊行。

一九七五（昭和五十）年　六十三歳　夏、妻ていと三度目のヨーロッパ旅行。『犬橇使いの神様』（文藝春秋）、『銀嶺の人』（新潮社）刊行。

一九七六（昭和五十一）年　六十四歳　三月、講演旅行でヨーロッパの主要都市を回る。『聖職の碑』（講談社）、『空を翔ける影』（「道化師の森」の加筆再刊、光文社）、『白い花が好きだ』（光文社）、『小説に書けなかった自伝』（新潮社）、『山が見ていた』（光文社）刊行。

一九七七（昭和五十二）年　六十五歳　『鷲ヶ峰物語』（講談社）、『武田三代』（毎日新聞社）、『河童火事』（毎日新聞社）、『小笠原始末記』（毎日新聞社）、『劔岳・点の記』（文藝春秋）、『陽炎』（毎日新聞社）刊行。

一九七八（昭和五十三）年　六十六歳　七月、妻ていと東欧旅行。十一月、カナダ・アメリカへ取材旅行。『風の遺産』（加筆再刊、講談社）、『新田義貞』（新潮社）、『続白い花が好きだ』（光文社）、『珊瑚』（新潮社）を刊行。

一九七九（昭和五十四）年　六十七歳　六月、ポルトガル、マカオに取材旅行。「孤愁〈サウダーデ〉」を「毎日新聞」に八月二十日より一九八〇年四月八日まで連載（中断）。『ラインの古城』（文藝春秋）、『密航船水安丸』（九月、講談社）を刊行。紫綬褒章受賞。

一九八〇（昭和五十五）年　六十八歳　二月十五日、心筋梗塞のため急逝。享年六十七。正五位勲四等旭日小綬章。『病める地球、ガイアの思想―汎気候学講義』（根本順吉との共著・朝日出版社）、『マカオ幻想』（新潮社）、『武田勝頼』（講談社）、『遥かなる武田信玄の国』（新人物往来社）、『孤愁〈サウダーデ〉』（文藝春秋）刊行。

一九八一（昭和五十六）年　「財団法人新田次郎記念会」（山本健吉理事長）発足（現在は「公益財団法人新田次郎記念会」）。『私の取材紀行』（文藝春秋）刊行。

一九八二（昭和五十七）年　スイスのクライネシャイデックに新田次郎記念墓建立。六月より一九八三年四月まで『完結版　新田次郎全集』（全十一巻・新潮社）刊行。『武田信玄アルバム&エッセイ』（新人物往来社）刊行。

二〇一二（平成二十四）年　『孤愁〈サウダーデ〉』（絶筆を次男正彦が書き継いだ・文藝春秋）刊行。

新田次郎　続・山の歳時記

二〇二〇年八月三十日　初版第一刷発行

著　者　新田次郎
発行人　川崎深雪
発行所　株式会社　山と溪谷社
郵便番号　一〇一―〇〇五一
東京都千代田区神田神保町一丁目一〇五番地
https://www.yamakei.co.jp/

■乱丁・落丁のお問合せ先
山と溪谷社自動応答サービス　電話〇三―六八三七―五〇一八
受付時間／十時～十二時、十三時～十七時三十分（土日、祝日を除く）
■内容に関するお問合せ先
山と溪谷社　電話〇三―六七四四―一九〇〇（代表）
■書店・取次様からのお問合せ先
山と溪谷社受注センター　電話〇三―六七四四―一九一九
ファクス〇三―六七四四―一九二七

フォーマット・デザイン　岡本一宣デザイン事務所
印刷・製本　株式会社暁印刷

定価はカバーに表示してあります

Printed in Japan ISBN978-4-635-04891-0